KB078542

절대
호위

護衛

문용신 新무협 판타지 소설

FANTASTIC ORIENTAL HEROES

절대호위 5

문용신 新무협 판타지 소설

초판 1쇄 찍은 날 § 2014년 2월 25일
초판 1쇄 펴낸 날 § 2014년 3월 4일

지은이 § 문용신
펴낸이 § 서경석

편집부장 § 권태완
편집책임 § 한준만

펴낸곳 § 도서출판 청어람
등록번호 § 제1081-1-89호
등록일자 § 1999. 5. 31
어람번호 § 제2-2574호

주소 § 경기도 부천시 원미구 심곡2동 163-2 서경B/D 3F (우) 420−822
전화 § 032-656-4452 팩스 § 032-656-4453
http://www.chungeoram.com
E-mail § chungeorambook@daum.net

ⓒ 문용신, 2014

ISBN 979-11-04-90133-1 04810
ISBN 979-11-316-9156-4 (세트)

절대호위

護衛

5

문용신 新무협 판타지 소설

FANTASTIC ORIENTAL HEROES

도서출판 청어람

第一章

보이지 않는 것

길바닥에 쓰러진 사람을 보고 뛰어갔어요. 부축해서 보니 멋진 검을 멘 유명한 노고수더군요.

왜 이렇게 됐냐고 물었더니 그가 반쯤 죽은 상태에서 중얼거렸어요. 멋모르고 까불다가 개처럼 맞았다고.

그의 몸엔 온통 멍 자국과 혹뿐이었어요.

—행인

"저놈, 왜 저렇게 어깨가 축 쳐졌지?"

산마루에 올라선 구대통이 멀리 손녀를 데리고 길을 걷고 있는 낭왕을 내려다보며 중얼거렸다.

명원 역시 그윽한 시선을 던졌다.

"아무래도 손녀 때문인 듯하군요. 영마를 두고 떠날 인간이 아닌데."

"손녀가 왜?"

"글쎄요. 저런 힘없는 모습을 보일 일이 손녀 외에는 없잖아요. 음, 어쨌든 지금은 그냥 건들지 않고 놔두는 게 좋겠어요. 심경에 어떤 변화가 생긴 듯하니."

"심경의 변화… 라고?"

"네. 비무가 치러지는 동안에도 별말 없던 그였잖아요. 저렇게 말없이 떠나는 것도 그렇고."

명원의 말에 무양이 동의했다.

"그래, 놔둬라. 저놈 성질에 건드려 좋을 게 없다."

"그럼, 궁외수는 어떡하고?"

"어떡하긴. 하는 수 있냐. 일단 극월세가 사하공의 죽림으로 돌아가 감시하는 쪽으로 해봐야지."

"망할!"

구대통이 격한 화를 쏟았다.

그 모습을 보며 미기가 비식비식 놀려댔다.

"키킥! 온갖 음모 다 꾸며대더니 어쩐대? 되레 자기 주머니만 털린 꼴이잖아. 웬만하면 그냥 포기하시지. 내가 보기엔 그 인간 못 죽일 것 같은데."

"왜 못 죽여?"

"영감들이 그랬잖아. 무서운 놈이라고. 그 재능을 어떻게 감당할 건데? 이제 낭왕의 내공신공까지 손에 넣어버린 마당에."

"빠드득, 네놈 때문에라도 죽여야겠다."

"그러니까 어떻게 죽일 건데? 죽어줘야 죽지. 걔가 손 놓고 죽어준대?"

빠드득. 빠드득.

약이 오른 구대통이 화를 분출하지 못해 바득바득 이를 갈며 전신을 떨었다.

그때.

딱!

"아야!"

무언가로부터 뒤통수를 얻어맞은 미기가 날 선 눈초리로 확 돌아보았다.

어김없이 명원의 검이었다. 도끼눈을 한 그녀.

"이놈!"

"알았어, 알았어! 착하게, 얌전히 굴게! 씨!"

미기가 얻어맞은 머리를 만지며 잽싸게 뒤로 빠졌다. 명원이 저리 표정을 지을 땐 명성에 걸맞게 무시무시한 마귀할멈이 된다는 걸 알기 때문이다.

미기가 빠지자 무양이 말을 이었다.

"어쩔 수 없다. 지금으로선 놈을 처단할 명분이 없으니. 저처럼 염치우가 떠나는 것도 그 이유 때문일 테고."

구대통이 발끈했다.

"명분이 없다니? 영마라는 이유보다 더 명확한 명분이 어디 있다고."

"그게 우리만 아는 사실이라는 것이 문제지. 지금 놈을 죽이면 누가 동의해 주겠느냐. 우린 이 영마라는 사실을 드러나게 하는 데 실패했고, 게다가 보란 듯이 후기지수 대회에서 우승까지 해버린 탓에 놈의 신분이 만천하에 알려져 이젠 확증을 먼저 보이기 전엔 죽일 수도 없게 되었어."

"젠장!"

점점 짜증이 치미는 구대통.

"영마가 버젓이 걸어 다니도록 내버려 둬야 한다니. 교묘한 녀석!"

"우리가 조금 조급하게 굴었던 것 같다. 미기 말대로 괜히 엉뚱한 힘만 소비시킨 꼴이 되어버렸어. 언젠가 알아서 폭발할 녀석인데 차라리 가만 내버려 두고 지켜볼 것을."

명원이 정리를 하고 나섰다.

"그래요. 이제 어차피 지켜볼 수밖에 없어요. 지켜보다가 놈이 광기를 부리는 그 순간에 우리가 직접 손을 쓰는 게 좋겠어요."

명원까지 동의하고 나서자 다시 구내통이 버럭 언성을 높였다.

"어느 세월에? 십 년이고 이십 년이고 놈이 태평하면 그대로 두잔 말이냐?"

"우치 오라버니! 그럴 순 없을 거예요. 지금 극월세가의 상황을 아시잖아요. 살수들이 편장엽에게서 그치지 않고 그의 딸까지 노리는 것을 보면 극월세가 전체를 향한 음모가 진행되는 거예요. 그런데 그 속에서 편가연을 지켜야 하는 그놈이 과연 멀쩡할 수 있겠어요?"

"음……."

"지켜보자고요. 어쩌면 일석이조, 꿩도 먹고 알도 먹는 일이 생길 수도 있을 것 같으니까."

더 이상 반박을 못 하고 입을 닫는 구대통. 궁외수도 잡고 극월세가를 노리는 범인도 잡을 수 있단 명원의 말에 동의하지 않을 수 없었다.

하지만 그래도 남는 아쉬움 때문에 멀리 손녀를 데리고 멀어져 가는 낭왕 염치우에게서 눈을 떼지 못했다.

'저놈이 앞뒤 재지 말고 해결해 줬어야 하는데. 쩝!'

＊　　　＊　　　＊

편가연을 호위한 극월세가 행렬이 남궁세가를 떠나 사성에 도착한 건 꼬박 이틀이 지나 날이 저물 때였다.

"될 수 있으면 시내에 위치한 객관을 잡으시오. 그리고 그 객관에 극월세가 편가연 가주가 묵고 있음을 모두가 알게끔 소문을 내시오."

외수의 요구에 담곤은 그렇게 이행했다.

철저한 계산. 외수는 만약 기습이 있다면 이동 중인 낮에 일어날 것이라 확신했다. 한두 명의 자객을 이용한 암습이 아니고는 야간에 기습할 가능성은 낮단 판단이었다.

하지만 혹시 야간 기습을 감행할 가능성도 배제할 순 없어

일부러 사람이 많은 곳에 객관을 정했고, 철저히 사람들의 이목을 끌어 적이 쉽게 도발하지 못하도록 하려는 것이었다.

그 효과는 만점이었다. 편가연이 투숙했다는 말에 객관 주변은 그녀를 보려는 사람들로 북적였다.

객관에 든 외수가 식사를 하고 나면 하는 일은 한 가지였다. 무공 수련.

외수의 방.

차와 수건을 준비해 놓고 구석에 가만히 앉아 외수를 지켜보는 시시는 불만이었다.

방 안 기물들을 한쪽으로 다 몰아놓고 온몸을 놀리고 있는 외수. 시시가 못 참고 방해를 했다.

"공자님, 제발 좀 쉬셔요. 아가씨께서도 걱정하고 계세요."

칼을 멈추고 돌아보는 외수.

시시가 잽싸게 수건을 들고 다가와 번들거리는 몸과 얼굴의 땀을 찍어냈다.

"아프지도 않으세요? 다친 곳들이 아물지도 않았잖아요. 그냥 쉬시면서 저랑 글공부를 하는 게……."

"안 돼. 그러고 싶지만 그럴 수 없어."

땀을 훔쳐내는 시시의 가늘고 여린 손목을 잡아가는 외수.

"왜요?"

"대회에서 본 것들을 잊기 전에 새겨놔야 하거든."

외수는 시시의 수건을 받아 직접 땀을 훔치며 대답했다. 인상 깊었던 각각의 초식들을 정리하고 응용해 보아야 한단 뜻이었다.

"하지만 부상의 통증이 있잖아요. 계속 말까지 타고 이동하셨는데."

"흠!"

외수는 보란 듯이 수건을 든 왼손을 쥐었다 폈다, 그리고 팔도 접었다 펴기를 반복해 보았다.

"괜찮아. 견딜 만해!"

무딘 모습의 외수. 시시는 그것이 정말 견딜 만해서 그런 것인지 아니면 억지로 아픔을 참는 것인지 알 수 없어 속상했다.

"그럼, 차라도 드시며 잠깐만이라도 쉬세요."

시시는 대답을 확인하지도 않고 차를 준비해 둔 곳으로 외수를 끌었다.

구석으로 밀어붙여둔 의자에 강제로 앉혀진 외수.

아직도 김이 나는 뜨거운 차를 내민 시시는 개미처럼 가느다란 허리를 굽히고 외수의 상처들을 살폈다.

"어휴, 정말? 상처를 감은 붕대들이 땀으로 범벅이 됐어요. 상처가 덧나기 전에 소독하고 붕대를 다시 감아야겠어요."

시시가 자기의 고통처럼 인상을 써댔다.

"괜찮다니까, 시시!"

"안 돼요! 오늘은 그만 움직이세요! 무공은 머리로만 그리세요! 이렇게 붕대가 헐거워졌고, 핏물까지 비친단 말이에요. 칼 이리 주세요!"

울상의 시시는 막무가내였다. 칼을 빼앗아 챙기더니 결국 헐거워져 버린 붕대를 맘대로 풀어내고 물과 수건을 가져와 상처를 닦기 시작했다.

상처뿐 아니라 몸의 땀까지 꼼꼼히 닦아내는 시시. 약상자를 가져와 소독을 하고 약을 바르고 붕대를 감고.

칼마저 빼앗기고 꼼짝없이 앉아 시시의 분주한 손길을 보던 외수가 픽 웃었다.

"꼭 마누라를 둔 것 같군."

"네?"

놀라 번쩍 고개를 드는 시시.

"그렇지 않아, 시시? 잔소리에 제약까지. 아내를 두면 딱 이럴 것 같은데?"

"……."

벙어리가 된 시시. 뜨거워지는 얼굴. 어디로 도망가 숨어 버리고 싶었지만 그럴 수 없었다. 붕대를 마저 감아야 하기 때문이다.

"자, 잠깐 일어서서 주시겠어요?"

어깨에 붕대를 다 감은 시시는 외수를 일어나게 했다. 의자에 앉은 상태론 허리에 붕대를 감을 수 없었기 때문이다.

등 뒤의 시시는 더 얼굴이 빨개졌다. 넓은 등판, 두툼한 가슴팍. 그 전체를 감으려니 뒤에서 외수를 껴안는 꼴을 피할 수 없어서였다.

어쩔 수 없이 닿게 되는 앞가슴. 턱과 뺨도 외수의 등판을 스쳤다.

시시는 자신의 팔이 더 길지 못한 걸 원망하며 간신히 붕대를 마무리했다.

"수고했어."

무덤덤한 외수.

"그럼 쉬세요."

시시가 얼굴을 숙인 채 황급히 이것저것 챙겨 문을 향해 뛰었다.

그때 외수가 바닥에 떨어진 무언가를 발견했다.

"이게 뭐야?"

잘 접힌 종이 한 장.

시시가 흘린 듯한 그것을 외수가 집어 들고 펼치려는 순간 기겁한 시시가 부리나케 달려와 덮쳤다.

"안 돼요! 이리주세요!"

"엉?"

탁!

낚아채는 시시의 손. 지금까지 외수가 본 가장 날쌘 시시의 움직임이었다.

"뭔데 그래?"

"아무것도 아니에요. 쉬세요."

뒤도 안 돌아보고 나가 버리는 시시.

"뭐야, 왜 저래?"

외수가 멀뚱한 표정으로 고개를 갸웃대는 사이 문 뒤에 붙어선 시시는 놀란 가슴을 억지로 진정시켜야만 했다.

손에 쥔 종이. 정혼 약속이 담긴 문서였다.

'죄송해요, 공자님. 공자님께서 알아선 안 되는 내용이… 있어서.'

잠시 문서를 내려다보던 시시는 다시 잘 접어 품속 깊이깊이 갈무리했다.

*   *   *

다음 날 아침. 외수의 예상대로 아침까지 아무 일도 일어나지 않았다.

사람들의 소란스러움에 잠을 깬 외수는 창을 통해 몰려든 사람들을 확인했다. 먼발치에서라도 편가연을 보기 위해 온 사람들. 혼잡스러울 정도로 많았다.

외수는 대충 차려입고 내려와 혼자 마구간에서 백설을 데리고 나왔다.

마당에 나와 몸을 풀고 있던 담곤이 외수를 발견하고 황급히 달려왔다.

"공자, 벌써 출발하는 겁니까?"

"아니오. 혼자 잠시 갔다 올 곳이 있소."

"갔다 올 곳이라면……?"

"개인적인 일이니 알 것 없고, 오래 걸리지 않을 테니 떠날 준비들 하고 있으시오."

"아, 알겠습니다."

담곤은 궁금했으나 더 묻지 않았다.

그런데 외수가 백설을 올라타려는 때, 말을 탄 몇 사람이 사람들을 비집고 앞으로 나섰다.

"거기 궁외수 공자가 아니신가?"

관원 복장의 세 사람. 외수는 소릴 지른 사람을 알아보았다. 지금 찾아가려고 했던 사성관부의 즙포사신.

그가 무척이나 반가운 얼굴로 말에서 뛰어내렸다.

"하하하, 이렇게 다시 만나게 되는군. 반갑네. 사성을 찾아준 것도 고맙고."

"혹시 날 찾아온 것이오?"

"당연하지!"

"여기 있는 줄 어떻게 알고?"

"하하, 자네 극월세가 사람이었더군. 그것도 편가연 가주님의 부군이 되실 분!"

"……."

"하하하, 범상한 사람이 아님을 알았지만 정말 놀랐네. 천하제일가의 주인 될 사람이라니. 거기다 이번 무림대회 우승까지? 으하하핫, 그렇고말고. 당연한 결과지. 흑살 도선풍을 꼬치 꿰듯 해치워 버린 사람을 누가 당할까. 크하하하핫!"

모두가 들으라는 듯 몸짓까지 해가며 자랑하듯 떠벌이는 즙포사신.

관원들이 나타난 이유를 몰라 옆에서 지켜보기만 하던 담곤이 눈을 흘기며 끼어들었다.

"거 소문 한 번 벼락같구려. 벌써 여기까지 날아왔단 말이오?"

"당신은?"

"극월세가 내원호위장 담곤이오."

"오, 난 사성관부 즙포 우도광(右道光)이오. 반갑소, 담 호위장!"

"그런데 즙포께서 어쩐 일입니까?"

담곤의 물음에 우도광이 대답 대신 싱긋이 웃으며 외수를 봤다.

"혹시 어딜 가려던 길이었나?"

"당신 만나러 가려던 참이었소."

"역시 그렇지? 그럴 줄 알았네. 자, 그럼 여기서 이럴 게 아니라 안으로 들어가면 어떻겠나."

앞서 외수를 끄는 우도광.

그때 사람들의 탄성이 터졌다. 그들의 시선이 모두 계단 위 객관 정문으로 향해 쏠려 있었다.

"저분이 극월세가 편 가주님이신가?"

넋을 빼고 쳐다보는 우도광의 물음에 외수가 고개를 저었다.

"아니오."

우도광이 가리킨 사람은 시시였다. 그녀는 무슨 일인가 싶어 문을 열고 밖을 확인하는 중인 듯했다.

"드, 들어가면 안 되겠나? 자네뿐 아니라 편 가주를 뵙는 영광도 얻고 싶네."

간절한 표정의 우도광. 외수는 잠시 쳐다보다 그를 데리고 안으로 들어갔다.

"시시, 차를 내어오라고 해줘!"

실내의 너른 공간. 외수는 거실 창 쪽으로 자리로 가 앉았지만 즙포사신 우도광은 두리번거린다고 여념이 없었다.

위사들로 들어찬 실내. 그중에서도 두 명의 위사가 지키고 선 위층을 본 우도광은 그곳이 편가연의 객실인 것을 알아본 듯했다.

"객관 전체를 빌린 모양이군."

"그렇소."

외수 앞으로 와 마주앉는 우도광.

"언제 떠나는가?"

"지금 준비 중이오. 아침 식사가 끝나면 바로 떠날 것이오."

"그나저나 축하하네. 대회 우승자 소식을 들었을 때 처음엔 긴가민가했지만 내용을 듣다 보니 자네라는 확신이 들더군. 자, 여기 있네. 황금 열두 냥 전표일세. 내가 챙겨왔으이."

"열두 냥? 그리 많소?"

외수는 우도광이 응접탁자 위에 꺼내놓은 주머니를 보며 흠칫 놀라는 표정을 했다.

"하하, 그렇다네. 우리 사성관부를 비롯해 네 곳에서 현상금을 걸었더군. 황금보단 전표가 편할 듯해 모두 전표로 바꿨네. 여기 받았다는 수결을 해주면 되네."

우도광이 수령증과 휴대용 붓을 전낭 옆에 같이 꺼내놓았다.

"고맙소. 잘 쓰겠소."

"흐흐흐, 고맙긴 우리가 고맙지! 자네 덕에 우리까지 포상을 받았는걸. 특진을 한 친구도 있고. 흐흐흐!"

외수가 붓을 들어 자신이 쓸 줄 아는 몇 안 되는 세 글자, 자기 이름을 우도광이 가리키는 곳에 써넣고 있을 때 시시가 객관의 시녀와 함께 차를 들고 나왔다.

그때 위층 편가연의 방문도 열렸다.

"어머, 아가씨께서도 내려오시네요."

사월이의 시중을 받으며 계단을 내려서는 편가연.

우도광이 자리에서 벌떡 일어섰다. 그리고 넋을 빼앗긴 듯

관모까지 벗어들고 감격해했다.

우아한 자태, 기품 있는 걸음걸이.

편가연은 위사들의 인사를 받으며 외수 앞으로 오더니 살짝 무릎을 굽혀 다소곳이 아침 인사부터 했다.

"공자님, 밤새 편히 주무셨는지요."

곱고 청아한 목소리까지. 우도광은 그녀의 아름다움에 정신까지 혼미한 듯했다.

"이분은?"

편가연의 시선이 돌아오자 우도광은 직접 자신을 소개했다.

"사, 사사, 사성관부의 즙포사신 우도광이라 합니다. 조, 조조, 존귀한 분을 이렇게 눈앞에 뵙게 되어 무한한 영광입니다."

어쩔 줄을 모르는 우도광. 그는 관부 즙포사신이 아니라 하인 같은 자세를 보이고 있었다.

"그러셨군요. 반갑습니다. 편가연입니다."

지극히 절제된 표정과 음성.

"……."

말도 못하고 힐끔힐끔 얼굴만 훔쳐보는 우도광.

편가연이 외수 손에 들린 전낭을 확인했다.

"공자님께서 일전에 뜻밖의 일을 행하신 적이 있다고 하시더니 그 때문에 오신 건가요?"

"그, 그렇습니다. 포상금이 있었는데 워낙 큰 금액이
라…….'"

"직접 와주시기까지 하다니 어떻게 감사를 드려야 할지 모
르겠군요."

"아닙니다. 아가씨! 당연한 일을 했을 뿐입니다. 극월세가
의 가주이신 아가씨께서 이렇게 저희 사성 관내를 방문해 주
신 것만 해도 두고두고 자랑할 일인 겁쇼."

"앉으셔요. 시시?"

"네, 아가씨!"

"어서 차를 대접해 드려!"

"네, 아가씨!"

시시가 조심스레 차를 내려놓자 우도광이 어물어물 자리
에 앉았다.

"공자님, 잠시 앉아도 될까요?"

편가연의 조심스런 물음에 엉뚱하단 듯 올려다보는 외수.
뭘 그런 걸 묻느냔 표정이었다.

그러나 편가연이 그러는 것은 그녀만의 자연스런 행동이
었다. 외인이 있는 자리에서 최대한 존중하고 받드는 모습을
보임으로써 외수가 가진 신분과 위상을 누구도 쉽게 여기지
못하도록 하려는 몸에 밴 행동.

더구나 현상범을 잡은 포상금을 받고 있는 장면이라 편가
연에겐 외수의 가치가 떨어지거나 가볍게 보일까 신경이 쓰

이지 않을 수 없었다.

차를 내려놓는 시시도 그것을 알기에 외수가 받은 돈에 대해선 모른 척 입을 꾹 다물고 있었다.

그때 다른 사람이 등장했다. 후문 쪽에서 부랴부랴 들어오는 노년의 한 인물.

"아이고, 벌써 모두 내려와 계셨군요. 이 볼품없는 객관을 운영하고 있는 손 가입니다."

그가 인사를 하며 다가오자 편가연이 다시 살포시 일어났다.

"어제 볼일이 있어 다른 곳에 가 있느라 귀한 분들이 오신 것을 모르고 있다가 이제야 이렇게 달려오는 길입니다. 이 누추한 곳에서 밤사이 불편하신 점은 없었는지요."

노인의 절절대는 모습에 반해 편가연은 한 치의 흐트러짐도 없이 살짝 미소를 띠며 화답했다.

"네. 아주 잘 쉬었습니다. 객관도 깨끗하고."

"아이고, 다행입니다. 극월세가 영애께서 오실 줄 알았으면 미리 준비하고 영접을 하는 것인데 그처럼 말씀해 주시니 소인 그저 감읍할 따름입니다. 부족하더라도 아침상은 모든 정성을 모아 최선을 다해 준비 중이니 잠시만 기다려 주십시오."

"제가 번거롭게 해드리는 건 아닌지 걱정이로군요."

"아닙니다, 아닙니다. 그럴 리가 있겠습니까. 아가씨께서

저희 객관에 묵으셨단 사실만으로도 소인 감격에 몸 둘 바를
모르겠습니다."

굽힌 허리를 아예 세우지도 못하고 굽실대는 객관 주인.

그러는 모든 것들을 보면서 외수는 다시 한 번 편가연과 극
월세가의 위상을 인식해야만 했다. 우도광, 객관 주인, 그리
고 바깥에 몰려든 사람들.

우도광이나 객관 주인이야 마주할 기회를 얻었지만 바깥
의 사람들은 편가연이 떠날 때 마차에 오르는 그 짧은 순간의
모습이라도 보기 위해 저러고들 있는 것 아닌가.

외수는 탁자에 놓인 전낭을 물끄러미 내려다보았다.

대단한 액수. 실제로 받고 보니 실감이 나지 않을 정도의
거금. 곤양이라면 집을 사고 땅도 사고. 어쩌면 커다란 객잔
하나쯤 더 살 수 있을지도 몰랐다.

하지만 외수는 그런 기쁨, 흥분을 이 자리에서 표시할 순 없
었다. 그럴 수도 없고 그래선 안 된다는 것을 깨달은 것이다.

"시시, 이것 좀 챙겨놔!"

외수가 자리를 털고 일어섰다. 그리곤 편가연에게도 한마
디를 했다.

"미안하지만 손님을 부탁해! 떠나기 전에 점검할 게 있어
서."

바로 돌아서 밖으로 향하는 외수.

편가연이 뒤에서 다시 살포시 무릎을 굽혀 명을 받들었다.

"알겠습니다, 공자님!"

조금씩 피어오르는 편가연 입가의 미소. 그녀는 외수가 자신과 극월세가에 대해 아주 작은 부분이라도 이해했다는 것에 기뻐하고 있었다.

*　　*　　*

빠르지도 느리지도 않게 적당한 속도를 유지하며 이동하는 극월세가 행렬.

객관을 출발하고 난 뒤 별다른 말도 없이 줄곧 멍하니 마차 창밖만 내다보고 있는 편가연에게 시시가 말을 건넸다.

"아가씨, 뭘 그리 골똘하게 생각하고 계세요?"

"음, 시시! 넌 어떻게 생각해?"

"뭘요?"

"공자님 말이야. 날 용서하실까?"

"네?"

"너도 들었잖아. 정혼을 한 사람으로 생각지 말고 호위무사 중 한 사람으로 여기라던 말… 지금 어떤 생각이실지 궁금해."

시시는 그녀의 걱정을 바로 읽었다.

"아가씨, 그 부분은 용서를 떠나 아예 마음에 두지 않으실 거예요."

"그 말은 여전히 나와의 정혼 관계를 의식하지 않는다는 뜻인 거지?"

안타깝게 쳐다보는 시시. 지금은 다독여야 하는 때라는 걸 알았다.

"걱정 마세요, 아가씨! 아가씨께서 노력하겠다고 하셨잖아요. 아가씨의 진심을 알게 되면 공자님도 변화가 있을 거예요. 지금은 단지 자신의 일에 열중하고 있어서 아가씨의 마음을 보지 못하는 것뿐이에요. 아가씨와 세가를 지켜주겠단 약속, 범인들에 대한 생각, 그리고 무공에 대한 열망. 그런 것들 때문에 아가씨의 마음을 깊이 들여다볼 틈이 없는 것일 뿐 아가씨를 미워하거나 일부러 거리를 두는 건 아니에요."

"그럴까? 그런 거겠지?"

"그럼요. 제 말을 믿으세요. 아가씨를 좋아하지 않을 사람이 어디 있겠어요? 현명하고 아름답고 착하시고. 공자님께서도 머잖아 틀림없이 아가씨께 푹 빠지실 거예요."

"시시, 하지만 난 두려워. 어느 순간 그가 떠난다고 할까 봐."

"어머, 이젠 정말 공자님을 좋아하시나 봐요?"

시시가 놀리듯 환하게 웃자 편가연이 살짝 눈을 흘기곤 말을 이었다.

"죽음의 지경에 이른 날 그가 구했을 때는… 믿을 수 있는 사람, 의지할 수 있는 사람이란 감정보단 무조건 그를 옆에 두어야 한다는 일념만 강했던 게 사실이야. 그에게 용서를 구할 때도 정혼은 어떻게 돼도 상관없고 세가와 나의 안전이 우선이었어. 한데 그를 옆에 두고 그가 어떤 사람인지 조금씩 눈에 보이면서 내 마음이 그에게로 강하게 흐르고 있어. 맞아, 시시! 이건 사랑이야. 난 그를 사랑해!"

"세상에. 아가씨께서 그런 말씀을 하시다니, 처음이잖아요. 드디어 이성에 대해 눈을 뜨신 건가요?"

"시시, 그런데 그는 내 맘 같지 않아. 전혀 안중에도 없는 듯해."

시무룩해 하는 편가연의 표정에 시시는 포근한 미소를 지었다.

"아가씨! 아시죠? 조급히 굴지 마세요. 말씀드렸다시피 너무도 다른 환경에서 성장하신 두 분이라 서로 공통되는 접점이 없어서 그래요. 아가씨께서 공자님께 매력을 느낀 것처럼 아가씨께서 조금씩 다가가다 보면 어느 날 공자님께서도 아가씨의 매력을 보실 날이 올 거예요. 그런 감정은 한순간이라잖아요. 정말 어느 날 갑자기 아가씨께 문득 청혼을 할지도 몰라요."

"그럴까, 시시?"

"네, 틀림없어요."

시시의 확신에 다소 상기된 편가연은 다시 창밖으로 조심스레 시선을 가져갔다. 하얀 백설을 타고 마차 옆에 붙어 나

란히 이동하는 외수. 묵묵히 자기 일만 수행하는 그가 그처럼
든든하고 아름다울 수 없었다.

*　　　*　　　*

"온 호위, 담 호위장. 두 분 잠깐 이리 와주시겠소?"

휴식을 위해 행렬이 멈춘 시간. 말에서 내려 풀밭에 앉아
낭왕의 비급을 들여다보고 있던 외수가 가까이 있는 담곤과
온조를 불렀다.

"왜 그러십니까, 공자?"

한달음에 달려온 두 사람. 외수는 그들에게 일원무극공을
내밀었다.

"이것 좀 보시오!"

"예? 이건 낭왕의 비급이 아닙니까?"

내민 책을 받지도 않고 당황하는 담곤.

"그렇소."

"그런데 이것을 어찌 저희에게 내미십니까?"

"내용을 좀 살펴봐 주시오."

"예에? 아, 안 됩니다!"

"어째서요?"

"저흴 죽이시려고 그러는 겁니까? 낭왕 염 대협께서 천명
하지 않았습니까. 공자 외에는 아무도 봐선 안 되는 물건입

니다."

두 손까지 내저으며 질색을 하는 담곤.

"훗, 두 분께 익히라는 게 아니잖소. 안에 내용이 익힐 수 있는 것인지 이해가 가능한 것인지 판단만 해달라는 것이오."

"그래도……."

온조와 서로 얼굴을 보며 망설이던 담곤이 결국 조심스레 받아 들었다.

머릴 맞대고 내용을 들여다보는 두 사람. 하지만 잠시 후 둘의 안면이 일그러졌다.

"왜 그러시오?"

"이럴 수가… 공자, 이건……?"

재차 앞뒤 내용을 살펴본 담곤과 온조가 말이 안 나온단 표정으로 고개를 저었다.

"공자, 이건 무신이 아닌 다음에야 이해가 불가능한 서술입니다."

"역시 그런 거요?"

의미심장한 외수의 눈빛.

"예! 말도 안 됩니다. 이런 전개라뇨. 이건 무공의 신이라 해도 아주 오랫동안 고민하고 연구해야 겨우 운용 과정을 헤아릴 수 있을 겁니다."

"역시 그랬군."

"낭왕께서 어찌 이런 장난을……! 이건 누가 봐도 장난…
임이 분명한데……."

낙심한 얼굴로 안타깝단 듯 외수를 보는 담곤.

"후훗, 아무래도 그 영감태기 한 번 만나봐야겠군."

다시 책을 받는 외수. 그의 웃음은 웃는 게 아니었다. 당장
낭왕을 찾아가 결판이라도 낼 것 같은 분위기.

그 살벌함에 담곤과 온조는 괜히 미안해져 눈치만 봤다.

"됐소. 고맙소."

"예, 예!"

외수가 책을 품속에 갈무리하며 일어나자 담곤과 온조는
잽싸게 자기들 자리로 물러났다.

"젠장, 영감들 농간에 헛고생만 한 꼴인가?"

외수는 푸른 하늘을 올려다보며 허탈함 가득한 쓴웃음만
날렸다.

第二章

낭왕 염치우

차라리 단칼에 베어다오.

— 그의 몽둥이 앞에서

산중의 길치곤 꽤 넓고 평탄한 길.

제법 짙푸른 녹음과 기이한 형태의 암석들이 돌출된 그곳에 추레한 몰골의 다섯 인영이 나타났다.

흐느적흐느적, 전혀 급할 것이 없단 걸음걸이. 각자 도검을 비롯해 특이한 형태의 무기들을 지니긴 했지만 행색이나 움직임 따월 봐선 그리 대단한 인간들 같진 않았다.

대부분 사십을 넘긴 중년인들이었는데, 삐쭉하니 키만 큰 자가 있는가 하면 땅딸보에 구부정한 자도 있어 그 모습들이 다소 우스꽝스럽기도 했다.

어딘지 허술해 보이는 자들. 그들은 유람이라도 나온 듯 콧

노래까지 흥얼거리며 걷다가 큰 바위가 있는 곳에서 멈추더니 제각각의 모습으로 이쪽저쪽 널브러져 휴식을 취했다.

"어이, 여기서 만나기로 한 것 맞아? 그런데 왜 사람이 안 보이지? 오면 기다릴 거라고 했잖아?"

"글쎄? 우리가 먼저 온 건가?"

바위 위에 아무렇게나 벌러덩 누운 자가 떠들어대자 맨바닥에 주저앉은 자가 대꾸했다.

그런데 잠시 후, 그 추레한 자들 주위로 불쑥불쑥 시커먼 인영들이 나타났다. 마치 땅에서 솟구친 것처럼.

"흑수 쪽 사람들이오?"

"으헤헥?"

맨땅에 앉았던 자가 몹시 놀랐단 듯 호들갑을 떨며 일어났다.

"기척이나 내고 삽시다. 갑자기 옆에서 튀어나오니 간 떨어질 뻔했잖수."

포위하듯 나타난 인영들. 모두 열 명이었다.

하나같이 시커먼 죽립에 시커먼 복장, 그리고 먼지를 막기 위해 코와 입을 가린 천까지 시커먼 자들.

등으론 긴 칼을 둘렀고 허리춤에도 그보다 짧은 또 하나의 칼을 꽂아 보기에도 저승사자같이 무시무시하기만 한데 유일하게 내놓은 눈까지 시퍼렇게 번뜩이고 있어 더욱 공포감을 흘렸다.

"당신들, 무인 맞소?"

"뭐 그럭저럭!"

"그럭저럭?"

"어쨌거나 당신들을 도우라는 명을 받았소. 어떡하면 되오?"

시커먼 인영 하나가 추레한 몰골의 인간들을 보며 어이없단 듯 한숨을 뱉었다.

"방해되지 않게 뒤에 잘 웅크리고나 있으시오!"

"알겠소. 절대 방해되지 않도록 잘 처신하겠소."

능청스런 자세와는 달리 싹싹한 대답.

시커먼 사내가 노려보는 듯하더니 나타날 때처럼 별안간 땅속으로 꺼진 것처럼 숙 하고 사라져 버렸다. 그에 맞춰 다른 자들의 신형도 흩어졌다.

"그것참 신통방통한 자들이네. 어떻게 유령처럼 휙휙 나타나고 사라지지? 허허허, 허허허!"

열다섯 사내가 만난 자리. 허탈하단 듯 웃는 추레한 자들만 제각각의 꼴로 남았다.

*　　　*　　　*

"멈추시오!"

외수의 고함에 행렬 전체가 일제히 진행을 멈추었다.

선두를 이끌던 담곤이 뒤로 말을 몰아 외수에게로 왔다.

"공자, 무슨 일입니까?"

"저길 지나야 하오?"

외수가 시야에 가득 담겨오는 산을 바라보며 묻자 담곤 역시 같이 쳐다보며 대답했다.

"그렇습니다. 산맥 중엔 대체로 완만하기로 알려진 '대수산맥'입니다. 험준하지 않은 대신 이런저런 산들이 넓은 지역에 걸쳐 있죠. 산맥을 통과하는 길도 여러 갈래로 나뉘어져 있고, 그리고 저길 지나면 바로 금릉입니다."

"음!"

외수의 눈길이 심상찮았다.

"마음 쓰이는 것이 있습니까?"

"만약 적이 기습을 준비 중이라면 저런 곳이 제격 아니겠소."

"하지만 다른 길은 없습니다. 돌아가려면 열흘 이상 지체됩니다."

외수가 고개를 끄덕였다. 산맥이니만큼 그럴 건 당연했다.

"담 호위장! 지금부터 빠른 속도로 이동하겠소. 마차가 완전히 산맥을 통과할 때까지 휴식은 없소. 모두에게 그리 이르고 더욱 긴장하라 하시오!"

"알겠습니다."

담곤이 다시 앞으로 달려 나가고 외수가 마차를 책임진 마부석의 온조에게 이어 말했다.

"온 호위! 조금이라도 기미가 보이면 미리 주지한 대로 지체 없이 실행해야 한다는 것 명심하시오!"

"알겠습니다, 공자!"

"그리고 사월이는 마차 안으로 옮겨 타! 지금부터 빠르게 달려야 하니까!"

말동무가 되어주며 온조 옆에 앉아 있던 사월이가 얼른 뛰어내려 마차 안으로 들어갔다.

행렬이 멈춘 후 밖을 내다보며 외수만 주시하고 있던 편가연과 시시의 눈망울이 흔들리고 있었다.

"공자님?"

"시시, 괜찮아! 미리 대비하는 것뿐이야."

외수의 말에도 시시는 겁먹은 기색을 지우지 못했다.

"편가연!"

"네, 공자님!"

외수는 불러놓고 잠시 마주 보다 천천히 말했다.

"만약 기습이 있다면 놈들은 전보다 더 준비를 했을 테니까 아마 감당키 어려울 거야."

"……."

"그땐 일정이고 뭐고 무조건 세가로 돌아가야 해! 내가 쫓아가면서 지켜줄 없을 테니까! 금릉이 눈앞에 있다고 금릉지부에 숨을 생각도 하지 말고!"

"그럼 공자님 혼자 놈들을 상대하며 뒤에 남겠단 말인가 요?"

"널 지키려면 그 수밖에 없어."

"감당할 수 없는 적이라면서요."

"너를 옆에 끼고 감당하는 것보단 수월하겠지."

"……?"

편가연이 말을 못하고 외수만 쳐다보았다. 속으론 울음이 터질 것 같았으나 표시할 수 없는 그녀.

"걱정 마. 혼자선 무슨 수를 써서라도 살아남을 테니까!"

"공자님……."

"시시, 내 돈 잘 가지고 있지?"

"네? 네네."

당황해 얼떨결에 대답하는 시시.

외수는 픽 웃곤 행렬 선두의 담곤을 향해 출발 신호를 내렸다.

*　　　*　　　*

낭왕 염치우는 가슴이 답답했다.

말이 없는 손녀. 오는 동안 입 한 번 열지 않은 반야였다.

신법을 펼쳐 냇물을 건너뛰거나 들녘을 한달음에 달리고 허공으로 솟구치면 자지러질 정도로 좋아하던 아이가 지금은 입을 꾹 닫은 채 한마디도 하지 않고 있었다.

"얘야. 왜 말이 없느냐?"

낭왕은 고개를 숙인 채 팔을 잡고 따라 걷는 반야와 대화를 시도했다.

그러나 떨어진 고개는 들리지 않았다.

"이놈, 할아버지가 말을 했으면 대답을 해야지."

"죄송해요, 할아버지! 지금은 별로 말을 하고 싶지 않아요."

"어째서냐?"

"그냥 조금 우울해요."

"어떡하면 네 기분이 나아지겠느냐."

"……."

"보성 할머니에게 갈까?"

"가면 뭐해요. 두 분은 또 싸우기만 하실 텐데."

"싸우지 않으마."

비로소 천천히 들리는 반야의 고개.

"화해하시겠단 말씀이세요?"

낭왕은 어여쁜 손녀의 얼굴을 내려다보며 고개를 끄덕였다.

"그렇다."

"왜 갑자기 그렇게 결정하신 거예요?"

"산속에만 있으면 네가 계속 지금 같을 것 같아서다."

"……?"

"보성에 가서 할망구랑 화해도 하고 할아비랑 전국을 돌며 유람도 하자꾸나."

"정말요? 정말 할머니와 화해도 하고 여행도 떠날 거예요?"

"그래. 이 할아비가 헛소리 늘어놓는 것 봤느냐."

확 퍼진 반야의 얼굴.

"유람은 어디어디 다니실 건데요?"

"글쎄? 넓은 세상이니 전국의 신기하고 재미난 것들을 찾아 돌아다녀 보자꾸나."

"그럼 영홍에도 가실 건가요?"

"영홍?"

"네. 극월세가가 있는 곳이에요."

"……."

세상 다 가진 것처럼 표정이 돌변한 반야.

반면 낭왕은 가슴이 아찔했다.

"궁외수, 그 녀석 때문이냐?"

걸음을 멈춘 낭왕의 음성이 굳어지자 반야가 잡고 있던 팔을 슬그머니 놓고 머뭇거렸다.

얼굴을 보이기 싫은지 돌아선 그녀.

잠시 보고 있던 낭왕이 낮고 부드럽게 음성을 바꾸었다.

"그 녀석이 그리 좋으냐?"

돌아선 그대로 반야가 나직이 읊조렸다.

"할아버진 그가 싫으세요? 왜 싫어하세요? 좋은 사람이잖아요. 먼 거리를 쫓아와 절 구해주기도 했고, 또 발을 다친 저를 계속 보살펴 주기도 했어요. 싫어할 이유가 없잖아요."

"음… 안 되겠구나."

짧은 신음을 토한 낭왕이 손녀를 돌려세우더니 달랑 들어 길가의 돌 위에 앉혔다.

"안 되겠다. 얘기 좀 하자!"

"하세요."

바라던 바라는 듯 반야가 낭왕을 똑바로 마주보았다.

"그래! 좋아할 수는 있다! 그러나 그는 혼인할 아이가 있는 놈이야! 그런데 그런 놈을 좋아하고 생각해서 어쩌자는 것이냐?"

"저도 알아요. 하지만 마음이 가는 걸 어떡해요? 자꾸 생각이 나고 그가 다칠까 봐 걱정이 되고."

"그래선 안 된다!"

단호한 낭왕.

"왜 안 되죠? 좋아하는 건 죄가 아니잖아요. 나쁜 게 아니잖아요."

"네가 그냥 좋아하는 게 아니니 문제라는 거다. 그리워하고 곁에 있고 싶어 하고, 심지어 찾아가려고까지 하지 않느냐. 곧 혼인할 놈인데 말이다."

"……."

울먹일 것처럼 눈시울이 붉어지는 반야. 결국 입술을 꼭 깨물고 고개를 숙이고 말았다.

반야는 그 상태로 읊조리듯 말했다.

"저도… 알아요. 하지만 그 이상도 이하도 아니에요. 그를 어떻게 하려는 게 아니에요. 저는 혼인 같은 건 생각지도 않아요. 맹인인 저를 누가 좋아하고 데려가겠어요. 단지 그와 좀 더 같이 있고 싶고 그의 목소리를 듣고 싶을 뿐이에요. 그런 것도 안 되는 건가요?"

무릎 위 가지런히 모은 손등 위로 똑똑 떨어지는 눈물.

낭왕의 가슴은 더 답답해졌다.

"얘야, 세상엔 그놈보다 좋은 놈이 얼마든지 있다. 네가 그놈을 좋아하게 된 건 하필이면 그놈이 네가 만난 첫 사내놈이기 때문이다. 지금부터 할아비와 세상을 돌며 이놈저놈 마주하다 보면 진정 너를 사랑하고 네가 사랑할 수 있는 사람을 만날 수 있을 게야."

"그것 때문에 유람을 하자고 하신 건가요? 싫어요. 말씀드렸다시피 저는 혼인 같은 거 안 해요. 다른 누군가를 만나고 싶지도 않고요. 누군가에게 부담이 되는 건 싫어요. 그냥 할아버지와 살 거예요."

"말도 안 되는 소리! 때가 되면 누구나 짝을 만나고 가정을 이뤄야 한다."

"할아버지, 만약 제가 할아버지의 손녀가 아니라면 어떨까요. 밥도 못 하고 설거지도 못 하고, 심지어 제 손으로 아이도 키울 수 없고. 그렇게 무엇 하나 할 수 없이 가만히 앉아 있기만 하는데 누가 좋아할까요?"

"바보 같은! 그런 건 하인이 하면 되는 일이다."

"그렇긴 하죠. 하지만 환영받지 못하는 건 숨길 수 없는 사실이에요. 저는 할아버질 빼놓고 보면 부모도 없고 앞도 보지 못하는 장애인일 뿐… 할아버지의 위상에 얹혀사는 삶. 전 그런 삶은 살고 싶지 않아요."

"……."

말문이 막힌 낭왕. 자신에 대해 너무도 비관적인 손녀를 두고 어떻게 해법을 찾아야 할지 막막하기만 했다.

"그러니 할아버지, 지금의 제 감정을 나무라지 말아주세요. 궁외수 공자가 좋지만 그를 제 사람으로 생각한다거나 제 사람이 되길 바라는 마음 같은 건 추호도 없어요. 그냥 그를 향해 느껴지는 아련한 감정들, 혼자 느끼고 혼자만 간직할게요."

"……."

낭왕은 우두커니 선 채 말문을 열 수 없었다.

이미 품어버린 연정. 그것을 어떡할까. 인위적으론 해결할 수 없는 문제 아닌가.

어쩌다가 이렇게 되었는지. 어째서 이렇게나 푹 빠지게 되었는지.

그놈 말만 나오면 그리워하고 애달파하고.

마음에 담은 것을 풀지 못하면 병이 된다는데, 워낙 어린 녀석이라 이러다 어느 날 갑자기 상사병으로 앓아눕는 것이나 아닌지 걱정이 앞서는 낭왕이었다.

여전히 뚝뚝 떨어지고 있는 눈물. 낭왕은 참지 못했다.

"반야! 그놈이 널 건드린 것이냐?"

"네?"

갑작스레 높아진 음성에 반야가 깜짝 놀라 고개를 들었다.

"너와 같이 있던 하룻밤 사이 놈이 널 추행이라도 한 것이냔 말이다."

인상이 일그러지는 반야.

"할아버지! 무슨 말씀이세요, 그게?"

"네가 납치된 배에서 오전 중에 출발했다는 것을 확인했다. 반나절이면 족히 올 거리를 넌 다음 날 아침에야 돌아왔어. 할아비는 이해가 되지 않는다. 그 사이 일이 있지 않고서야 네가 그처럼 절절할 순 없지 않느냐. 무슨 일이 있었던 것인지 말해 보아라!"

"이해를 시키면 제 마음을 놔두시겠어요?"

잠시 보기만 하던 낭왕이 힘차게 고개를 끄덕였다.

"좋다. 다시는 네 앞에서 놈에 대해 강요하지 않으마."

"추행이라고요? 오히려 그 반대였어요. 배를 쫓아 밤새 달려온 탓에 궁 공자도 그의 말도 지쳐 있었어요. 그런데도 그는 저만 태운 채 고삐를 잡고 걸었어요. 쉬지 않고. 저완 아무 연관도 없는 사람이 말이에요."

"……"

"처음엔 할아버지가 보내서 온 사람인 줄 알았는데 그는 할아버지 이름도 모른다 했어요. 단지 영령공주님의 말만 듣고 쫓아온 거였어요. 같이 있는 동안 그의 행동거지는 일절 어긋남이 없었어요. 도리어 퉁명스러웠죠. 어쩔 수 없이 날이 저물어 노숙을 하게 되었을 때 밤이 되면 추울 거라며 나뭇가지들을 주우러 다녔고, 저 근처엔 얼씬도 않고 혼자 칼만 휘둘렀어요."

"칼을 휘둘러?"

"네. 무공 수련을 한다고 했는데 꽤 열심이었어요. 밤이 되어서 제가 잘 자리 가까이 모닥불을 지펴줬고, 몸이 아파오는 저를 위해 호랑이 심줄이란 걸 불에 구워줬어요."

낭왕의 눈살이 찌푸려졌다.

'호랑이 심줄이라니? 이놈이 감히 내 손녀에게 뭘 먹인 거야?'

낭왕이 이상해 하는 것도 모르고 반야는 말을 이어갔다.

"뭔가 길쭉한 고기였던 것 같은데 잘 구워진 그걸 그가 먹기 좋게 잘라 주었어요. 처음엔 기름 타는 냄새도 나고 노릇했는데 먹다 보니 꼭 말린 생선같이 고소하고 아주 맛나게 먹었어요."

"음……."

그제야 낭왕은 반야가 먹은 게 뱀이란 것을 짐작했다.

"그때 저는 궁 공자도 같이 먹은 줄 알았는데 나중에 알고 보니 저만 혼자 먹은 거였어요. 아프고 허기진 저를 위해 그는 먹는 척만 했던 거예요. 자기도 배가 고팠을 텐데."

"……."

"그 후 잠자리에 누운 저는 의식마저 없이 오한에 떨었고, 아침이 되어 눈을 떴을 때 그가 밤새 저를 장포로 둘둘 만 채 모닥불 앞에서 보듬고 앉아 있다가 날이 밝기도 전에 어두운 길을 재촉해 왔단 걸 알았어요. 그게 그날 있었던 일의 전부예요. 그런 사람이 나쁜 사람일 리 없잖아요."

낭왕은 대답하지 못했다. 심경만 더 복잡해지고 무거워졌을 뿐.

침묵이 시간과 함께 흘렀다. 그 침묵에 아픔도 같이 흐르는 걸 느꼈는지 반야가 먼저 입을 열었다.

"할아버지, 걱정 마세요. 언제까지나 이럴 순 없겠죠. 언젠가는 묻어야 할 감정들이니… 그래야 한다는 것을 알고 있어요. 잊을 거예요, 할아버지. 하지만 언제가 되어도 상관없으니 만약 잊어야 하는 그날이 오면 그를 꼭 한 번만 다시 만날 수 있게 해주세요."

"만나서?"

"그땐 제 마음을 전하고 싶어요. 제 마음이 이랬었다고."

낭왕은 전신이 무너지는 심정이었다. 저 절절함에 무슨 말을 할까.

"알았다."

"감사해요… 할아버지!"

낭왕의 대답에도 반야는 기운을 차리지 못했다. 오히려 더 큰 슬픔을 떠안은 듯 고개만 한없이 숙여졌다.

"가자!"

"네."

반야를 데리고 복잡한 심정을 가누며 다시 길을 재촉하는 낭왕. 마침 산자락을 돌아가는 길모퉁이에 간단한 표기를 세우고 차를 파는 간이 수레가 눈에 들어왔다.

목이 타던 낭왕은 차 수레가 그리 반가울 수 없었다.

"영감, 두 잔 주시게."

겨우 엉덩이를 붙일 수 있을 듯 작고 볼품없는 나무의자에 반야를 앉힌 낭왕은 먼 산봉우리를 올려다보며 심호흡을 했다.

"여기 있습니다, 손님!"

지긋한 나이에 살짝 허리도 굽은 노인이 낭왕과 반야에게 차를 건넸다.

"장사는 잘되오?"

머릿속 상념을 떨치고픈 낭왕은 일부러 그들에게 말을 걸었다.

"웬걸요. 빈 수레로 돌아가 보는 게 소원입니다. 그냥 마지
못해 나오는 것입죠."

전형적인 촌로. 덕지덕지 달라붙은 생의 흔적이 주름진 얼
굴과 휘어진 손마디에 여실했다.

차통을 실은 수레 또한 그들의 행색과 다를 바 없었다. 낡
고 닳아 곧 부서질 것 같이 허름한 수레. 백발이 성성한 노인
네들이 그것을 여기까지 끌고 와서 장사를 한다는 게 측은할
정도였다.

"카, 한 잔 더 주시오!"

시원하게 찻물을 들이킨 낭왕은 빈 그릇을 다시 내밀었다.

"아이고, 갈증이 나셨던 모양이구랴."

노인은 한 잔 더 달라는 말에 무척이나 반가워했다. 겨우
구리 동전 한두 개밖에 못 받는 찻값임에도 얼굴 가득 행복이
그려졌다.

다소 기분이 나아진 낭왕은 이번엔 아주 느긋이 음미를 해
가며 마셨다.

그런데 차를 마시던 낭왕의 손이 우뚝 멈췄다.

"음……!"

느닷없이 어딘가를 향해 집중하는 낭왕.

그것을 반야가 알아차렸다.

"왜 그러세요, 할아버지?"

점점 심각해지는 낭왕의 표정. 지그시 눌린 그의 시선이 반대편 능선을 향해 날아가고 있었다.

이럴 때 반야는 할아버지가 무언가를 감지했다는 걸 알고 있었다. 그리고 그것은 십중팔구 멀지 않은 곳에 격렬한 싸움이 벌어지고 있단 뜻.

반야도 귀를 기울여 보았지만 자신의 능력으로 포착할 수 있는 거리가 아니었다.

아니나 다를까.

"웬 놈들이지?"

"누가 싸우는 거예요?"

"그렇구나. 여간 심상찮은 게 아냐. 어떤 놈들인지 확인을 해봐야 될 것 같다."

낭왕은 시선을 고정한 채 찻그릇을 내려놓았다.

자신의 은거지가 멀지 않은 지역이라 산적 따위가 설칠 리 만무했고, 또 그들이 일으키는 소란 수준도 아니었다. 피가 몰아치는 혈전, 무자비한 살육전의 긴박감이 전해져 왔다.

확인을 해야겠다고 마음을 먹은 낭왕이 바로 반야의 손목을 잡아갔다.

반야도 순순히 응했다.

"할아버지, 찻값을 드리고 가야죠."

"그렇군."

낭왕이 허리춤에서 은자 하나를 꺼내 노인의 수레 위에 놓았다.

"어이쿠, 이렇게 큰돈을? 손님, 찻값은 동전 네 푼입니다. 거스름돈이……?"

"됐소! 잔돈은 필요 없소."

"예? 세상에나! 감사합니다, 감사합니다!"

낭왕은 노부부의 인사는 듣지도 않고 반야를 껴안았다. 그리고 신법을 펼쳐 날아오르려던 그때 문득 낭왕은 다리의 힘을 빼곤 반야를 다시 내려놓았다.

"얘야, 할아비 혼자 갔다 올 테니 넌 여기 있는 게 좋겠다."

"왜요?"

"격렬한 소란이다. 예사롭지가 않아."

"알겠어요. 다녀오세요. 조심하시고요."

"알았다."

반야는 다시 수레 앞 작은 나무의자에 앉았다.

"영감, 앞을 못 보는 아이니 잠시 부탁하겠소."

"예? 예예, 예예!"

낭왕의 말에 허리를 굽혀가며 대답을 하는 노인. 맹인이란 사실이 놀라웠는지 그가 반야의 초롱초롱한 눈을 보고 있는 사이 낭왕은 신법을 펼쳐 능선을 향해 까마득히 쏘아져 갔다.

뒤늦게 낭왕이 날아가는 모습을 확인한 노부부의 입이 떡 벌어졌다.

"허허, 신인(神人)이셨군. 새처럼 날아가다니. 그나저나 이

렇게 예쁜 눈을 한 아가씨가 앞을 못 보다니 믿기지가 않는구
려. 불편하시겠수."

"네, 조금! 죄송하지만 할아버지 돌아오실 때까지 신세 좀
지겠어요."

"아이고, 신세라니. 거기 앉아 있는 것이 뭔 대수라고. 볼
품없는 의자지만 걱정 마시고 편히 계시구려."

"고맙습니다."

빠르게 능선을 넘는 낭왕은 다시 머릿속이 복잡해진 상태
였다. 이 격렬한 소란의 한쪽 편이 혹시 남궁세가를 떠난 극
월세가 행렬이 아닐까 하는 예감이 있었기 때문이었다. 그리
고 그 예감이 적중했음을 확인했을 땐 인상부터 찌푸려졌다.

*　　　*　　　*

빠르게 이동하는 행렬 앞에 나타난 자들은 처음엔 다섯이
었다.

길가 여기저기 아무렇게나 편한 상태로 널브러져 있는 자
들. 하고 있는 행색은 살수들과 거리가 있었다.

하지만 그들이 흘리는 느물느물 묘한 눈길과 미소가 느낌
이 좋지 않았다.

"어떡할까요, 공자?"

"통과하시오! 더 빠르게!"

길이 완만하게 올라가는 길이라 폭이 좁아지는 곳이었다. 행렬은 외수의 명령대로 길가 바위와 풀밭에 앉거나 기대고 누운 다섯 사내를 무시한 채 전속력으로 달렸다.

두두두두…….

더욱 거세진 말발굽 탓에 골짜기 전체가 비명을 토했다.

행렬은 문제없이 잘 통과하나 싶었다. 미심쩍었던 다섯 사내는 행렬이 코앞에 이르러서도 손끝 하나 움직이지 않았기 때문이다.

전혀 상관없는 사람인 듯 그저 쳐다만 보고 있는 자들.

그런데 그때, 그들 뒤쪽으로부터 시커먼 인영들이 솟구쳤다.

"사, 살수다! 적이야!"

선두를 이끄는 담곤의 고함.

"멈추지 말고 뚫고 나가시오!"

외수가 소리쳤다.

하지만 외수의 바람대로 되지 않았다. 산간의 좁은 길이다 보니 선두가 공격을 받자 행렬 전체가 주춤거리며 진행이 곧바로 멈춰졌다.

"젠장!"

외수는 화를 토했다.

굉장한 자들이었다. 고작 십여 명인데도 세가의 위사들은 그들을 뚫지 못했다. 뚫기는커녕 오히려 추풍낙엽처럼 난자당했다.

거의 일방적인 도륙. 위사들이 감당할 수준이 아니었다. 번쩍번쩍 빛줄기 같은 운신으로 좌우를 마음대로 오가며 휘몰아치는 폭풍처럼 휩쓸어오는 자들.

외수는 속수무책 쓰러져 가는 위사들을 보면서도 앞으로 달려가지 못했다. 뒤쪽을 따르던 위사들이 마차를 겹겹이 호위했으나 어디서 또 다른 놈들이 튀어나올지 알 수 없어 움직일 수 없었다.

"안에서 꼼짝하지 마!"

외수는 마차 안 편가연과 시시를 향해 소리치곤 말에서 뛰어내렸다. 말 위에서 싸워본 경험이 없어 그게 나을 것 같아서였다.

"온 호위! 틈이 보이면 지체 없이 달려가시오!"

마부석 온조에게도 소리를 친 외수는 칼을 뽑아 들고 앞으로 나섰다. 그리고 눈앞에 보이는 바닥의 돌 하나를 집어 들어 온 힘을 다해 던졌다.

쐐애액!

날카롭게 찢겨지는 파공성.

마차를 목표로 위사들을 유린하며 무섭게 달려오던 복면인 중 맨 앞의 복면인이 날카로운 파공성을 확인하고 엉겁결에 피했다.

그가 날아온 물체가 무엇인지 정확히 확인하지 못해 돌아보는 사이, 바로 뒤쪽의 다른 복면인에게서 둔중한 타격 음이 터졌다.

빠악!

꺾여 넘어간 머리. 달려오던 몸뚱이가 뒤로 뒤집어지는 순간 공중에 남은 건 벗겨진 죽립과 머리통을 박살낸 돌덩이, 그리고 허연 뇌수와 피였다.

끔찍할 정도로 터져 버린 복면인의 머리통.

돌을 던질 때 맨 앞의 복면인이 피할 것을 예상한 외수의 약은(?) 노림수였는데, 그것이 기분 좋게 들어맞았고 그 효과는 바로 나타났다.

일시적으로 모든 것이 멈춘 듯했다. 무참한 꼴로 즉사한 동료를 확인하는 살수들도, 그들을 상대하는 세가의 위사들도 일순 모두 굳은 것처럼 보였다.

"네놈이로구나!"

복면인들의 외수를 꼬나보았다.

외수가 보란 듯이 다시 돌 하나를 슬그머니 집어 들며 그들을 자극했다.

"그래, 나야! 저번에 네 동료들을 모조리 몰살시켜 저승으로 보낸 사람! 너희들도 똑같은 꼴로 만들어주지. 네놈들이 전부야? 너무 적은데?"

"이놈!"

외수의 말이 떨어지기가 무섭게 앞쪽 두 명이 위사들을 뿌리치고 덮쳐 왔다.

쐐애액!

다시 날아가는 돌. 하지만 가볍게 피하는 복면인들. 멀쩡히 보면서 또 당할 살수들이 아니었다.

받아칠 태세로 잔뜩 웅크린 외수의 생각은 하나뿐이었다. 어떻게든 마차가 도주할 수 있도록 틈을 열어주는 것. 그러려면 최대한 빨리 몇 놈을 때려눕혀 살수들 모두가 자신에게 집중하도록 만들어야 했다.

하지만 그게 요원한 일이라는 것을 외수는 첫 부딪침에서부터 바로 깨달았다.

카칵! 캉!

"우웃!"

일격은 대응을 했으나 두 번째, 세 번째 도격을 응수할 길을 찾지 못한 외수는 잽싸게 바닥을 굴렀다.

자칫했으면 팔이 잘려 달아날 수도 있었던 순간. 흡사 튕겨진 것처럼 보였으나 외수로선 상대의 칼을 피하기 위해 어쩔 수 없이 택한 수단이었고, 그 덕분에 다행히 옷깃이 베이는 정도에서 그쳤다.

"이해할 수 없군. 겨우 이런 놈이!"

복면인이 틈을 주지 않고 달려들었다.

자객도가 날카로운 섬광을 번뜩이며 다시 외수의 목을 노리는 그때, 한바탕 뒹굴고 일어나던 외수가 어느 틈에 집었는지 흙더미를 복면인의 눈을 향해 뿌렸다.

"욱! 이놈이?"

확 덮치는 흙먼지와 작은 돌가루들.

팔로 눈앞을 가리며 주춤한 복면인이 이 황당한 상황을 기막혀했다. 뭐 이런 놈이 다 있냔 표정이었다.

상대하는 것조차 불쾌하다는 듯 단칼에 베어버릴 것처럼 재차 칼을 휘두르는 복면인.

그런데 외수가 응수하거나 피할 생각도 없이 슬그머니 일어나기만 했다. 도리어 소가 닭 보듯 하는 태도.

휘둘러간 복면인의 칼은 외수에게 미치지 못했다.

"……?"

뒤늦게 복면인은 자신의 칼이 의지와는 상관없이 움직인다는 것을 알았다.

칼뿐 아니라 자신의 시야까지 앞으로 엎어지고 있었다.

"……??"

털퍼덕.

맥없이 앞으로 처박아져 버린 복면인. 그는 그 순간까지도 자신이 왜 그러는지 인지하지 못했다.

"이, 이게?"

일어나려 애를 쓰지만 말을 듣지 않는 몸뚱이.

고개를 든 그의 눈에 핏물이 떨어지는 외수의 칼이 잡혔다.

그리고 뒤늦게 찾아온 두 다리의 통증.

고개를 돌려 버둥대는 다리를 확인한 복면인은 경악했다. 무릎 아래가 깨끗이 분리되어 피를 뿜고 있는 두 다리.

"으허헉!"

눈알이 튀어나올 듯한 복면인.

그는 인지하지 못했지만 다른 살수들은 보았다. 흙더미를 뿌림과 동시에 그어지는 외수의 칼을.

"이제 이해가 되나?"

일어선 외수가 뒹구는 복면인을 오연히 내려다보며 던진 말이었다. 그리고 그의 칼이 다시 한 번 짧은 동선을 그렸다.

휙!

툭 떨어지는 복면인의 머리통. 덩달아 몸뚱이도 꺼지듯 주저앉았다.

졸지에 동료 둘을 잃은 나머지 살수들의 표정이 가관이었다. 돌과 흙더미에 의한 도저히 납득할 수 없는 결과. 어떻게 받아들여야 할지 모르겠단 듯 다들 머뭇대기만 했다.

반면 뒤에서 느긋이 지켜보고 있는 다섯 인물은 자기들끼리 실실대고 있었다.

"저놈, 웃기는 놈이군. 재밌어. 키키킥!"

"묘한 재주인걸. 돌멩이 던질 때도 그렇고 다리를 벨 때도 그렇고, 힘이 넘치는데다 아주 잽싸! 어쨌든 방심한 것도 아닌데 순식간에 두 녀석이나 해치웠다는 건 뭔가 있단 뜻이겠지?"

"잽싸고 힘이 넘치는 놈이라. 크크큭, 이거 무서워 살이 다 떨리는군."

비웃음을 남발하며 지그시 응시하는 다섯 사람. 낄낄대긴 해도 노려보는 눈매의 매서움이 여간 예사롭지 않았다.

동료 둘을 잃은 살수들은 완전히 눈이 뒤집혔다.

"뭣해? 놈부터 처치해!"

우두머리인 듯한 자가 신경질이 섞인 고함을 지르자 즉시 세 명의 복면인이 외수를 향해 솟구쳤다.

"이놈! 이번엔 어떤 요령을 피울 테냐?"

거칠게 날아드는 세 개의 칼날. 외수는 두 손으로 단단히 칼을 움켜잡고 맞받아쳤다.

카카캉! 카캉!

불꽃이 튀는 맹렬한 격돌.

외수는 한 발짝도 물러서지 않았다. 아니, 물러서선 안 되는 상황.

그러나 상대는 특급살수들이었다. 굉장히 짧고 빠른 도격에다 등골이 시릴 만큼 위협적인 살초들이 몸 곳곳을 위협했다.

"공자님!"

마차를 호위한 뒤쪽 위사 몇몇이 말에서 뛰어내려 가세했으나 그때 잠시뿐이었다. 위사들은 살수들의 칼을 견디지 못했다.

"크억!"

"아악!"

너무도 쉽게 나가떨어지는 위사들. 탈출구가 보이지 않았다. 이대로라면 곧 전멸당할 것은 불을 보듯 빤했다.

외수는 이를 악물고 몸을 내던졌다. 이판사판. 어차피 시간이 자신의 편에 있지 않는 이상 죽든지 죽이든지 최대한 빨리 끝을 보는 게 나았다.

콰콰콱! 카캉!

"우웃, 이놈이?"

갑작스레 돌변한 외수가 몸을 사리지 않고 부딪쳐 오자 살수들이 다소 당황하는 눈치였다.

그에 맞춰 위사들도 힘을 냈다. 앞에서 외수가 다 감당해 버리니 운신이 한결 편해진 덕분이다.

생사를 내던진 궁지에서의 저항은 처절했다.

후기지수 대회에서 얻은 부상까지 안고 있는 외수는 더욱 처절할 수밖에 없었다. 장포가 뚫리고 옷깃이 베어졌다. 그나마 위사들이 돕고 있어 그 정도지 아니라면 더 큰 부상은 불가피했을 것이다.

온몸을 내던진 사투. 외수의 무식하기 짝이 없는 맹위에 살수들이 조금씩 물러섰다. 싸우다 보니 예사롭지 않은 걸 인지한 탓이다.

엉성한 듯해도 무서우리만치 번뜩이는 감각. 거기다 저돌적인 대범함까지. 함부로 대했다간 큰코다치기 십상이었다.

"온 호위!"

온조를 향해 외수가 고함을 질렀다. 마차를 몰아가란 뜻이었다.

온조는 그 뜻을 바로 알아들었고 즉시 고삐를 당겼다.

"이랴!"

달리기 시작하는 마차. 위사들도 바짝 붙어 따라 말을 달렸고, 외수도 살수들을 뿌리치고 마차를 쫓아 뛰었다.

"멈추지 말고 달려!"

두두두두……!

외수는 마차가 거치적거리는 것 상관없이 그대로 뚫고 달려 나가길 바랐다. 하지만 살수들이 가만있지 않았다. 앞쪽의 살수들이 아가리로 들어오길 기다렸다는 듯 마차를 향해 뛰어올랐다.

"막아!"

외수의 고함은 소용이 없었다. 살수를 막으려 같이 뛰어오른 위사들은 저지의 효과도 없이 가랑잎처럼 떨어졌고, 호위장 담곤마저 피를 뿜으며 고꾸라졌다.

담곤의 부상은 커보였다. 즉사는 피했으나 뿜어지는 피를 볼 때 몹시 위험해 보였다.

"담 호위장?"

외수가 쓰러지는 그를 보며 고함을 질렀지만 그는 쓰러진 채 꿈쩍도 하지 않았다.

"빠드득!"

으스러지도록 이를 깨문 외수의 눈이 핏기로 물들어갔다.

"다 죽여 버리겠어!"

외수는 살수들을 향해 뛰어올랐다. 이제는 다른 수가 없었다. 따라붙는 살수들은 뒤쪽의 위사들에게 맡기고 앞쪽 살수들을 저지해 마차가 계속 달릴 수 있도록 만들어야 했다.

"비켜라!"

외수의 거침없는 행동에 우두머리도 고함을 질렀다.

"이놈은 내가 맡겠다. 목표물을 제거해!"

외수는 암담했다. 나머지 놈들이 마차를 덮치도록 내버려 둘 순 없는 노릇. 마차를 덮치는 순간 편가연과 시시의 목숨은 끝장이었다.

길은 두 가지. 마차의 안위는 위사들을 믿고 내버려 두는 것과 아예 한 놈도 지나가지 못하게 자신이 다 막아서는 것.

하지만 둘 다 현실성이 떨어지긴 마찬가지였다. 다섯을 한꺼번에 다 저지한다는 것도 말이 안 되었고, 위사들을 믿고 내버려 둔다는 것도 너무 큰 불안이었다.

외수는 최후의 결단을 내렸다. 마차가 계속 달려 편가연이 살 수 있도록 만들면 된단 생각뿐이었기에 우두머리를 포함한 살수 다섯을 폭사하듯 다 떠안아 버리기로.

"이익!"

"이놈!"

이를 악문 외수와 우두머리 복면인이 서로를 향해 칼을 내뻗었다. 하지만 외수의 칼보다 우두머리의 자객도가 훨씬 길고 빠르다.

대개 위태로운 사태가 되면 먼저 몸을 틀어 피하거나 막게 마련. 그러나 동귀어진을 생각한 외수가 피할 리 없었고 우두머리 복면인은 그것을 몰랐다.

푹!

어김없이 박혀드는 자객도. 정확히 심장을 노린 칼이었지만 외수는 아슬아슬하게 심장 위 어깻죽지를 뚫고 견갑골을 관통하도록 했다.

"크헙!"

답답한 비명.

외수가 토한 비명이 아니었다. 비명은 복면인의 가려진 입에서 터진 소리였다.

외수는 힘에 부치는 불리한 싸움을 할 때마다 늘 그래왔듯 제 살을 주고 상대의 것도 빼앗는 극단적 수단이 이번에도 통한 것이었다.

복면인은 외수의 그 냉혹함을 피하지 못했다. 먼저 찔렀지만 작정을 한 외수였기에 바로 같이 찔렀고, 또한 더 치명적이었다.

"끄으으으!"

고통을 이기지 못하는 복면인. 외수의 칼이 자객도보다 도면이 더 넓고 큰 데다 정확히 심장을 관통해 버린 탓이다.

서로 칼을 쑤셔 박은 상태.

외수는 거기서 그치지 않고 우두머리의 어깨를 낚아채듯 움켜잡곤 다른 자들을 덮쳐 갔다.

"이놈잇?"

우두머리의 몸뚱이를 이용해 살수들을 당황케 만들려던 외수의 생각. 그러나 물러서기는커녕 오히려 더 맹렬하게 칼을 휘둘러 오는 살수들이었다.

슈슉! 쾅! 콰콱!

이미 시체나 다름없는 우두머리의 육신 따윈 상관없다는 듯 무자비하게 난자하는 자객도.

복면인의 몸뚱이는 순식간에 수하들의 칼에 조각조각 흩어졌다.

그 바람에 외수도 범의 아가리 속으로 뛰어든 꼴이 되어 부상을 피하지 못했다. 몸 곳곳에 핏물이 튀었다.

그대로라면 만신창이가 될 것 같은 상황. 외수는 미친 듯이 칼을 휘둘렀다. 빠져나갈 곳도 없고 마차를 보내려면 물러서서도 안 되기에 그 처참한 꼴을 감수해야 했다.

하지만 그런 투혼에도 불구하고 마차는 멈춰서고 말았다. 외수가 앞쪽 다섯을 감당하는 사이 뒤쪽 세 명의 살수를 위사들이 감당하지 못한 탓이다.

절망적인 순간 외수는 더 처절해졌다. 견갑골에 박힌 칼마저 뽑아든 외수는 고통조차 느끼지 못하는지 뿜어지는 핏줄기에도 아랑곳하지 않았다.

발악이나 다름없는 몸부림.

그때 거대한 파공성이 귀청을 찢었다.

확확확확확!

무언가 거대한 물체가 바람을 휘감으며 맹렬히 날아오는 소리.

외수가 고개를 돌렸을 때 시커먼 물체가 바로 코앞을 지나갔다.

퍼퍽! 카캉!

눈앞에서 터져 나가는 두 개의 머리통.

시커먼 물체는 거기서 그치지 않고 다른 두 명의 살수들까지 튕겨내고 다시 선회해 날아왔던 방향으로 되돌아갔다.

외수는 자기가 뒤통수를 얻어맞은 것처럼 멍했다. 한순간에 자신을 위협하던 살수들을 모조리 쳐내 버린 강력한 위력. 가까스로 살아서 튕겨져 날아간 두 살수의 표정도 외수와 다르지 않았다.

외수가 되돌아가는 물체를 쫓아 다시 돌아보았을 때 거구의 덩치가 물체를 받아 유유히 날아내렸다.

험악한 인상, 거대한 육신. 낭왕 염치우였다.

뜬금없이 그가 나타나자 모든 움직임이 멈추었다. 낭왕이란 신분이 아니어도 압도적인 그의 무위에 다들 주춤했을 것이었다.

그는 피비린내 나는 현장을 쓸어본 뒤 복면을 한 살수들을 노려보았다.

"누가 시킨 짓이냐?"

중저음의 굵은 목소리가 위압감을 더했다.

"당신이 상관할 일이 아니오!"

"그래, 살수들이니 입을 열 리가 없겠지. 하지만 이 참극을 벌인 대가는 치러야 한다."

움직임이 멎자 편가연과 시시가 마차의 창문 휘장을 걷고 밖을 내다보았다.

그녀들을 확인한 낭왕이 외수에게로 눈을 고정했다.

혈광으로 번들거리는 외수의 눈.

"꼴이 보기 좋구나."

외수는 놀리는 것 같은 낭왕의 말에 대꾸하지 않았다.

"맘에 안 들어, 그 눈깔!"

"나 역시 영감이 맘에 들지 않소."

"떠나주랴?"

"있으란 말도 안 했소."

덤덤한 외수의 대꾸에 낭왕이 기분 나쁜 표정을 했다.

"죽는 것이 두렵지 않느냐?"

"놀림을 받는 것보단 낫소."

흔들리지 않는 외수의 눈동자.

낭왕은 옅은 미소를 띠며 더 자극했다.

"살려달라고 해라. 살려주마!"

"살려주시오!"

거침없이 튀어나오는 대답.

낭왕은 뜻밖이라는 눈을 희번덕거렸다.

"뭐냐? 왜 태도가 왔다 갔다 하는 것이냐? 조금 전의 고자세는 어디 간 거야?"

"나야 상관없소. 살려야 할 사람들이 있을 뿐이오."

낭왕의 다시금 마차의 편가연을 힐끔 보았다.

"그녀들이 네 목숨보다 중요하단 뜻이냐?"

"그렇소!"

"어째서?"

"약속을 했소. 무슨 일이 있어도 지켜주겠다고."

"……."

낭왕이 지그시 노려보다 한 번 더 자극했다.

"그깟 약속이야 깨버리면 되지 않느냐."

"영감은 그러고 사시오?"

"뭐얏?"

짐짓 화난 척을 하는 낭왕.

하지만 외수는 눈 하나 깜빡하지 않았다.

"영감이 정파무림의 상징인 의천육왕 중 한 사람이라 들었소."

"그래서?"

"내게 빚이 있잖소? 그녀들을 살려주시오."

노려보듯 서로를 응시하는 두 사람. 낭왕이 먼저 콧방귀를 꼈다.

"재수 없는 놈!"

"자주 듣던 말이오. 그런 말론 소용없소."

"한마디도 지지 않는구나."

"잔소린 치우고 어서 결정하시오!"

낭왕은 재촉하는 외수를 다시 한 번 지그시 쓸어보았다. 어깨 앞뒤로 출혈이 멈추지 않고 있으니 급하기도 할 터였다.

낭왕은 천천히 살수들 쪽으로 고개를 돌렸다.

바짝 긴장한 채 조여드는 그들.

낭왕이 픽 웃곤 소리를 질렀다.

"꺼져! 어딜 끼어들려고 하느냐! 내가 자객 따위와 놀 인간으로 보이느냐?"

살수들이 움찔했다.

외수 역시 무슨 소린가 싶어 어리둥절했다.

그때 길 끝자락 전혀 상관없는 이들처럼 널브러져 있던 자들이 슬금슬금 일어났다.

"크크크큭!"

제각기 묘한 웃음을 흘리는 다섯 인물.

너저분한 행색에 괴이한 무기들을 챙겨 들고 그들이 다가서기 시작했다.

외수는 그들의 기도를 느낄 수 있었다. 폭풍우를 머금은 거대한 먹구름이 뒤덮어오는 느낌.

그런 외수를 보며 낭왕이 눈을 흘긴 채 비웃었다.

"멍청한 놈, 진짜 상대가 누군지도 모르고 있었던 모양이군."

"……."

외수는 할 말이 없었다. 의식을 하지 않은 건 아니었지만 싸움이 시작된 후에도 구경꾼처럼 꼼짝 않고 있던 그들이었기에 적일 것이라곤 생각하지 못했다.

"물러나라!"

낭왕의 말. 그러나 외수는 물러날 수 없었다. 훨씬 더 강한 적이 등장할 것이라던 예상은 적중했다.

현 무림 최강의 인물일 것이라는 낭왕 앞에서도 비릿한 웃음을 흘리며 여유를 보일 정도의 괴인들. 어찌 물러나 있을 수 있겠는가. 살수들조차도 이전에 나타났던 자들보다 몇 수위의 무위를 지닌 자들인 것을.

외수는 처음으로 두려움이라는 것을 느꼈다. 죽을까 두려운 것이 아니라 지금부터 벌어질 상황이 어떻게 전개되고 어떤 결과를 낳을지 몰라 심장 박동이 빨라지고 있었다.

"공자님······?"

걱정이 묻은 시시의 목소리. 외수가 돌아보자 그녀는 다친 어깨만 뚫어져라 주시하고 있었다.

이까짓 부상, 외수에겐 그게 중요한 게 아니었다.

"들어가!"

밖으로 얼굴 보이지 말란 소리였다.

찔끔한 시시가 얼른 창의 휘장을 쳤다.

"크크큭, 낭왕이 등장할 줄이야. 이래서 우릴 부른 거였군."

건들건들 흐느적흐느적 다가와 마주선 오 인.

낭왕이 정체를 짚어보려는 듯 눈살을 찌푸린 채 물었다.

"뭐 하는 놈들이냐?"

"알 것 없고!"

슈슉! 파파팍! 스컥!

대답과 동시에 일어나는 움직임. 사방으로 피가 튀었다.

날아가는 머리통, 쪼개지는 몸뚱이.

괴인들에게 자리를 내주었던 살수들이 눈 깜빡할 사이에 시체가 되어버렸다.

풀썩풀썩 썩은 짚단 쓰러지듯 쓰러져 널브러지는 처참한 육신들.

끔찍했다. 목이 달아난 시체뿐 아니라 전신이 완전히 두 쪽으로 갈라진 시체. 자신들이 왜, 어떻게 죽는지도 모르고 죽었을 듯했다.

외수는 갑작스런 변화에 움찔했으나 낭왕은 전혀 동요가 없었다.

"웃기는 놈들이군. 뭐 하는 짓이지?"

"크크큭! 어차피 쓸모도 없는 인간들이고, 우리에 대해서 많은 걸 알면 안 되는 놈들이라서. 크큭, 큭큭!"

비릿하게 웃으며 대꾸한 자는 거대한 낫 모양의 쌍겸으로 부지불식간에 살수 두 명을 쪼개 버린 비쩍 마른 인물이었다.

그는 낭왕의 두 도끼만큼이나 흉측한 쌍겸을 가볍게 휘둘러 날에 묻은 피를 털어낸 뒤 다시 말을 이었다.

"흐흐흐, 그 말인즉 이 자리에 우리 외에는 아무도 살 수 없단 뜻이지."

"그래?"

낭왕의 눈자위가 실룩였다.

"크큭, 암 그렇고말고! 당신이 중원 최강의 공력을 가진 인간이라지만 오늘 이 자리에서 죽게 될 거야. 바로 우리들 손에! 크크크큭!"

들을수록 기분 나쁜 웃음소리.

"야무진 꿈을 꾸는 놈들이군. 아무래도 내가 너무 오래 산중에 박혀 있었던 게로군. 네놈들처럼 기고만장한 놈들이 기어 나오는 걸 보니."

낭왕의 서슬이 느껴졌다. 착 가라앉은 음성, 지그시 내리깔린 눈. 공포가 사방으로 번져 나갔다.

다섯 괴인의 형태는 볼수록 괴이했다.

쌍겸을 든 자 외에도 삽과 같이 생긴 장병기, 월아산을 든 자도 있었고, 겉으로 아무런 무기도 드러내지 않고 구부정히 서서 두 팔을 길게 늘어뜨린 자도 있었다.

낭왕은 엊그제 꾸었던 개 떼에게 물어뜯기는 꿈을 떠올렸다. 딱 봐도 결코 녹록치만은 않을 군상들. 아마도 오늘 이놈들을 만나려고 그랬던 것 같단 생각이 문득 들었다.

낭왕이 괴인들에게 눈을 고정해 둔 채 외수를 불렀다.

"재수 없는 놈!"

"왜 그러시오?"

"놈들이 같이 온 자기 편을 죽였다. 무슨 의미냐?"

"같이 오긴 했어도 다른 조직이란 뜻이오."

"그래, 맞았다. 어리석진 않군. 하는 짓을 보니 이놈들에게 나올 것은 없다. 모조리 죽여 버릴 테니 극월세가를 노리는 배후 세력이 최소한 둘 이상 연대하고 있다는 걸 확인했단 것으로 만족해라. 생각보다 큰 힘을 지녔을 것이란 것도!"

외수가 고개를 끄덕였다.

"알겠소! 그런데… 조심하시오."

뜸을 들이다 붙인 말에 낭왕이 홱 고개를 돌려 쏘아보았다.

"네놈이 날 걱정하는 것이냐?"

"어쨌든 영감의 싸움이 아니잖소. 우리의 처지를 떠맡겨

미안하오."

"네놈 피에 어울리지 않는 모습이다. 치워라!"

"……."

낭왕은 정말 화가 난 듯했다. 마치 보아선 안 될 것을 본 것처럼.

"재수 없는 놈!"

낭왕이 투덜거리며 다시 괴인들에게로 집중하자 비쩍 마른 자가 외수를 보며 혼자 피식피식 웃어댔다.

"궁외수라. 남궁세가에서 치른 무림 대회에서 우승을 한 놈이라지? 상으로 일원무극공까지 취했다고? 크크큭!"

옆의 월아산을 든 자가 맞장구를 쳤다.

"좋지! 얻는 것이 많은 날이 되겠군. 저놈과 편가연을 죽이고 덤으로 낭왕과 그의 내공심법서까지 획득하게 되니 말이야. 낄낄낄!"

마치 모든 것이 제 손아귀에 있는 마냥 떠들어대는 자들.

낭왕이 입가에 비릿한 미소를 매달았다.

저벅저벅.

비로소 움직이는 거구. 양손에 쥔 그의 도끼가 맹렬한 강기를 흘러대고 있었다.

"오호, 빨리 저승 구경을 가고 싶은 모양이군. 바라던 바야!"

휙휙휙!

무척 빠른 동작으로 순식간에 좌우로 벌려서는 괴인들.

그중 툭 튀어나온 눈에 작고 구부정한 자세로 팔을 늘어뜨리고 있던 인물이 불식간에 쇠사슬이 연결된 물체를 꺼내 낭왕을 향해 던졌다.

차르르륵!

유성추(流星錐) 같은 무기였으나 철구(鐵球)에 가시처럼 쇠못을 박아 흉측함을 더한 무기.

캉!

낭왕이 염라부를 들어 가볍게 튕겨냈다.

한데 낭왕이 우뚝 걸음을 멈추고 소맷자락을 확인했다. 철구가 튕겨지며 스친 자리. 낭왕의 인상이 표가 나게 일그러졌다.

"독?"

타들어간 것처럼 시커멓게 변한 옷깃. 낭왕이 철구를 던진 자를 노려보았다. 독이라면 치를 떠는 그였기에 분노가 그대로 드러났다.

"버러지 같은 놈들이 무인 행세를 하다니!"

휘익!

거구의 운신이라기엔 믿기 힘들 정도의 빠른 속도로 낭왕은 상대를 덮쳐 갔다.

구부정한 자가 열심히 철구를 운용해 낭왕의 접근을 저지하려 했으나 낭왕은 왼손의 귀척부로 다 튕겨내며 염라부를 내려찍었다.

부왁!

찍히면 어떤 일이 벌어질지 너무도 빤한 순간, 염라부 앞에 방해 물체가 끼어들었다.

크고 시퍼런 낫.

콰!

쌍겸의 방해를 받은 염라부.

그렇다고 낭왕의 공격은 끝이 난 게 아니었다. 반대편 손의 귀척부가 다시 대기를 갈랐고, 구부정한 자의 목과 머리통이 여전히 그 동선에 있었다.

한데 이번엔 또 다른 괴이한 물건이 방해를 놨다.

두 개의 반월형 월아(月牙)를 합쳐서 만든 무기. 자모원앙월(子母鴛鴦鉞)이란 무기가 귀척부 앞을 막았다.

'월(鉞)'이라는 명칭이 붙은 무기지만 도끼와는 전혀 관계가 없는 형태의 무기. 오히려 날 전체가 원형인 '권(圈)'에 가까운 무기. 권법을 사용하는 무인들이 무기를 든 자들을 효과적으로 상대하기 위해 만든 무기였다.

그것의 주인은 긴 머리칼을 산발한 자였다.

카앙!

어쩔 수 없이 원앙월을 튕겨낸 낭왕이 한 바퀴 몸을 돌려 목표물을 바꾸었다.

부왁!

산발한 자의 목을 향해 그어지는 도끼. 그러나 허공을 가르는 소리만 남았다. 어느 틈에 귀신같이 튀어 거리를 유지한 상대였다.

물러선 그가 웃음을 머금고 비아냥거렸다.

"흐흐흐, 느려 터졌군."

치렁치렁한 머리칼이 얼굴 전체를 뒤덮다시피 해서 웃는 이빨밖에 보이지 않는 인간. 두 손에 움켜쥔 자신의 괴상한 성명무기를 자랑스럽게 놀려 보였다.

한 번의 공격을 무위로 끝낸 낭왕이 둘러선 다섯을 다시 한 번 쓸어보았다. 개개인의 공력도 공력이지만 연수하는 능력이 한층 더 놀라운 자들.

도검을 든 나머지 두 명의 무기 형태도 정상이 아니었다. 도는 이빨처럼 가시가 돋았고, 검은 뱀처럼 구불구불한 검신이 두 개가 나란히 뻗은 형태.

낭왕은 정말 놈들의 정체가 궁금했다. 천하에 특이한 무공과 괴이한 행동을 하는 인간들이 많다지만 각자 개성들이 강한 데다 독단적이라 집단화하는 경우가 드물었기 때문이다.

자모원앙월을 쓰는 것을 보면 팔괘문(八卦門) 출신 같기도 하고 새외지역에서 굴러먹다 온 놈들 같기도 하고, 도대체 유추가 불가능했다.

낭왕은 몇 수 어울려 놈들의 정체를 파악해 보려던 생각을 버렸다.

부우우우…….

낭왕의 옷자락과 장포가 부풀어 펄럭였다.

"오호, 일원무극공인가?"

거대한 낫을 든 자가 감탄스럽단 표정을 했다.

실제 낭왕의 염라부와 귀척부엔 처음에 표출됐던 시퍼런 기운과는 전혀 다른 황금빛의 강기가 생성되고 있었다.

쓸려 일어나는 먼지.

자모원앙월을 든 자가 비시시 웃었다.

"자 그럼 어디 신 나게 한 판 놀아볼까!"

그의 구령과 동시에 다섯 명 모두가 일제히 낭왕을 덮쳐 갔다.

그때 휘돌던 먼지 속에서 황금 광채가 번쩍 섬광을 발했다.

부욱!

튀어나오는 거대한 도끼. 강기 때문에 두 배는 더 커진 낭왕의 도끼였다.

콰쾅!

"우읍, 굉장하군. 역시!"

원앙월로 염라부를 받아낸 자가 멀찍이 물러나면서도 감탄을 남발해 댔다.

쾅! 콰앙! 쾅쾅!

휘몰아치듯 찍히는 낭왕의 도끼들.

방향을 가리지 않았다. 비구를 운용하는 자를 덮치는가 하

면, 쌍겸을 받아치고, 뱀 모양 이두사형검(二頭蛇形劍)도 찍어
갔다.

광장한 광경. 지금까지 보지 못한 놀라운 수위의 싸움에 외
수는 눈을 떼지 못했다.

강기를 발하는 무기들이 정신없이 뒤엉키고, 부딪치는 소
리 또한 폭음처럼 굉음이라 귀가 먹먹할 정도였다.

싸움은 점점 더욱 격렬해져 갔다. 격돌을 시작한 순간까지
만 해도 여유를 부리던 괴인들도 어느 순간부터 입가의 미소
를 싹 지웠다.

한순간만 삐끗해도 머리통은 물론 육신까지 터져 날아가
버릴 수 있는 격전.

경천동지. 좁은 산간, 땅이 들썩이고 하늘이 울어댔다.

콰쾅! 콰콰쾅!

그 와중에도 낭왕은 굳건했다. 괴인들의 놀라운 연수합격
에도 흔들리지 않았다.

땅이 뒤집히고 하늘이 무너질 것 같은 격돌이 끝없이 이어
질 것 같던 그때, 비로소 첫 번째 변화가 튀어나왔다.

퍼억!

육신을 파고드는 도끼날 소리.

독이 묻은 비조를 사용하던 작고 구부정한 자가 격돌 속에
서 빠져나왔다. 아니, 정확히는 튕겨져 나와 멀찍이 처박혔
다.

그의 어깨엔 내려찍힌 염라부가 그대로 박혀 있었고, 찍힌 오른쪽 팔과 어깨가 반쯤 떨어져 덜렁거렸다.

그럼에도 그는 이를 악물고 인상을 찌푸려 고통을 표현할 뿐 신음조차 흘리지 않았다.

그를 날려 보낸 염라부가 낭왕이 손을 뻗자 즉시 뽑혀 되돌아갔다.

염라부를 회수한 낭왕은 또다시 왼손의 귀척부를 내던졌다.

확확확확!

쾅!

무시무시한 강기를 뿌리며 원앙월을 든 자를 튕겨내고 되돌아오는 귀척부.

낭왕은 번갈아가며 그 수법을 연이어 사용했고, 괴인들이 정면으로 받아치지 못하고 옆으로 비껴쳤는데도 한두 걸음씩 밀렸다.

"명불허전! 명성은 헛되이 전하는 법이 없다더니 과연 경악할 공력이군."

한 팔을 잃은 것이나 다름없는 동료를 두고도 집중을 흐트러뜨리지 않는 괴인들.

"생각했던 것보다 훨씬 더 강력해! 하지만 변하는 건 없지!"

진중해진 괴인들이었다. 천천히 좁혀오는 자세부터가 바

꿰었고 기도 또한 더 날카롭게 날이 섰다.

"타핫!"

쌍겸을 든 비쩍 마른 자와 사형검을 든 자가 양쪽에서 뛰어오르며 동시에 낭왕을 엄습했다.

낭왕이 쌍겸을 든 자를 향해 염라부를 던지고 사형검을 찔러오는 자를 향해 돌아서 귀척부를 찍어갔다.

그 순간 옆구리로 날아드는 두 개의 파공성.

쐐액, 쐐애액!

뜻밖에도 파공성의 정체는 자모원앙월이었다.

낭왕으로선 예측 못 한 공격이었다. 자모원앙월이란 게 던질 수 있는 무기가 아니었던 까닭이다. 주먹을 사용하는 자가 상대의 도검 따위로부터 두 손을 보호하기 위한 목적이 더 큰 무기. 그것이 날아올 줄이야.

낭왕은 황급히 신형을 틀며 날아드는 두 개의 원앙월을 귀척부로 연거푸 받아쳤다.

하지만 애초에 상대하려던 이두사형검은 피할 수 없었다.

파앗!

등 쪽 어깨 근육에서 피가 솟구쳐 얼굴로 튀었다.

최선을 다해 회피한다고 했으나 사형검을 휘두른 자 역시 노련했다.

첫 번째 부상. 혈도만을 눌러 지혈을 하기엔 다소 깊은 부상. 다행히 독은 없었다.

하나 그 바람에 염라부도 회수하지 못해 비쩍 마른 자의 손에 넘어가 버렸다.

"크크큭, 이걸로 승부는 끝난 건가?"

자신의 쌍겸 대신 한쪽 손에 낭왕의 염라부를 들고 이죽거리는 자.

"이 도끼로 목을 따주면 더 재밌겠어. 크크크큭!"

노려보는 낭왕의 눈이 이글거렸다.

"고, 공자?"

다시금 격돌이 이어지려는 그때, 마차 위의 온조가 걱정스럽게 외수를 불렀다.

싸움에만 빠져 있던 외수가 퍼뜩 정신을 차렸다.

"출발하시오! 계획대로 세가까지 곧장!"

온조가 눈에 힘을 주고 고개를 끄덕였다.

"알겠습니다. 한데 공자께선 어찌할 것입니까?"

"뒤따라갈 것이오."

"출혈이 심합니다. 간단히 치료라도……?"

온조의 걱정에 외수가 역정을 냈다.

"어서 출발이나 하시오!"

화가 표출된 고함. 다친 낭왕 때문인 듯했다.

온조는 더 이상 대꾸 없이 황급히 마차를 출발시켰다.

마차가 움직이기 시작하자 시시와 편가연이 창의 휘장을 걷고 내다보고 있었다.

불안함을 감추지 못하는 얼굴. 같이 가지 못하는 아쉬움이 절절하기만 했다.

두두두두두……!

빠르게 속도를 올려 달려가는 마차. 스무 명 정도밖에 남지 않은 위사들도 부상자들을 챙겨 곧바로 따라 달렸다.

낭왕의 염라부를 든 비쩍 마른 자는 그 꼴을 그냥 두고 보지 않았다.

"어딜 가느냐, 멈춰라!"

그가 신형을 날려가자 낭왕의 신형도 솟구쳤다.

휘익!

귀척부를 던지는 낭왕.

마차를 쫓아가던 자가 황급히 돌아서서 손에 쥔 염라부로 귀척부를 받아쳤다.

쾅!

그러나 거기서 그치지 않았다. 다시 돌아온 귀척부를 받아든 낭왕이 쏘아져 가던 그대로 그를 덮쳐 버렸다.

콰쾅! 콰콰쾅!

무자비하게 퍼부어대는 공격.

낭왕은 찍어대고 염라부를 든 자는 연신 방어만 하며 물러났다. 마치 네놈 따위가 감히 내 도끼를 들고 무얼 하느냔 듯 무차별적 공격을 퍼붓는 낭왕. 반드시 머리통을 쪼개주겠단 의지가 그의 도끼에 그대로 나타났다.

그러나 그 순간을 다른 자들이 가만 내버려 두지 않았다. 낭왕이 솟구쳤을 때 동시에 움직인 그들이 낭왕의 등판을 노리고 달려들었다.

한데 다시 뒤엉키려는 순간, 거친 파공성이 그들 사이를 끼어들었다.

쐐애액!

돌이었다.

다시 한 번 외수가 돌덩이를 던진 것이었다.

외수는 의식하지 못하고 자주 돌을 이용했지만, 원래 돌은 '비황석(飛蝗石)'이라고 해서 공성전(攻城戰)이나 투석전(投石戰) 같이 싸움에 사용되던 단순하고 효과적인 무기였다. 오히려 그 어떤 무기보다 비용 대비 효과 면에서 가장 뛰어난 무기였고, 인간 최초로 싸움에 사용된 투사(投射) 병기이기도 했다.

단순하면서도 효과적인 무기. 거기다 외수가 던진 돌은 대단한 힘이 실려 있었기에 그 위력과 효과는 생각보다 컸다.

쾅!

외수의 비황석(?)을 사형검을 든 자가 받아쳤다. 하지만 돌덩이가 산산이 터지며 파편이 그의 면상을 덮쳤다.

"움, 이놈이?"

뜻밖의 돌 파편을 뒤집어쓴 자가 성질을 내며 외수에게로 방향을 바꾸었다.

그때 어디선가 머리통이 쪼개지는 소리가 났다.

퍼억!

염라부를 들고 있던 비쩍 마른 자가 머리통은 물론이고 가슴팍까지 도끼에 갈라져 넘어가고 있었다.

무참한 죽음. 낭왕의 도끼에 찍힌 자의 꼴을 언제나 그러했다. 크기와 무게, 그리고 낭왕의 공력까지. 그것을 얻어맞고 멀쩡할 수 있는 자는 없었다.

어쩌면 그는 염라부가 아닌 자신의 쌍겸만으로 대응했더라면 좀 더 오래 견디거나 죽지 않았을지도 몰랐다. 손에 맞지도 않는 무기를 들고 설치느라 오히려 죽음을 자초한 꼴이 된 셈이었다.

염라부를 회수한 낭왕이 달려드는 두 사람을 무시하고 곧바로 외수를 덮쳐간 자를 향해 염라부를 던졌다.

부아아악!

바람을 찢어발기며 날아가는 염라부.

사형검을 찔러가던 자가 어쩔 수 없이 도끼를 향해 돌아섰다. 낭왕 같은 인물이 공력을 실어 던진 도끼를 어찌 무시하랴. 정면에서 응수해도 버거운 위력인 것이다.

그런데 그가 돌아서던 순간에 등 뒤의 움직임을 포착했다.

등판을 찔러오는 궁외수의 칼날.

"이놈이?"

피하기엔 늦었다. 응수를 해야 했다.

그 장면을 보고 있던 낭왕이 인상을 일그러뜨리며 다급히 고함을 질렀다.

"이런 멍청이! 피해!"

이두사형검의 인물이 몸을 비틀며 외수의 칼을 걷어내려던 순간이었다. 강기를 머금고 날아오던 염라부가 변화를 일으켰다.

콰콰콰콰콰콰!

쏘아져오는 염라부가 부풀고 있었다. 아니, 정확히는 도끼가 표출한 강기가 쏘아져 올수록 점점 확대되는 것이었다.

빠르게 부풀어 커진 강기가 바닥을 쓸며 가를 정도. 그 바람에 뿌연 먼지까지 휩쓸어 올리는 염라부는 마치 세상을 쪼개놓을 듯했다.

외수를 공격하려던 자도 낭왕에게 달려들던 자들도 그 엄청난 공력 앞에 말을 잃고 움직이지 못했다.

푹!

괴인의 등줄기를 파고드는 칼.

외수는 낭왕의 말을 듣지 않았다. 피하기는커녕 오히려 피하려는 괴인을 칼을 쑤셔 박아 붙든 꼴이었다.

콰콰콰콰콱!

사람 키보다 더 큰 강기를 일으킨 염라부가 그대로 괴인과 외수를 쓸어버렸다.

퍼퍼퍼퍽!

사방으로 흩어지는 육체. 만약 외수 뒤에 편가연이 탄 마차가 남아 있었다면 마차조차 터트려 버렸을 가공할 위력.

염라부가 쓸고 간 자리엔 흩어지는 핏물과 살점, 먼지만 남았다.

낭왕은 당황했다. 외수의 생사를 확인 못 한 탓이었다.

멀리까지 날아갔던 염라부가 다시 선회해 돌아왔을 때까지도 낭왕은 우두커니 서서 먼지만 응시하고 있었다.

먼지가 조금씩 가라앉을 즈음 흙더미가 들썩였다. 머리부터 발끝까지 흙을 뒤집어쓰고 꾸물꾸물 일어나는 인영.

"쿨룩! 쿨룩!"

기침까지 해댔다.

"젠장, 무슨 놈의 도끼가. 쿨럭!"

머리의 흙을 털어내는 외수. 칼을 든 상태 그대로였다. 하지만 온전하진 않았다. 옷과 장포가 뜯겨 날아가 누더기가 되었고, 곳곳에 핏물이 보였다.

강기에 휩쓸리지 않고 살아남은 그를 보며 낭왕이 혼잣말을 중얼거렸다.

"그러면 그렇지, 저놈이 쉽게 뒈질 리가 없지."

외수가 마차가 달려간 곳으로 돌아보았다. 그 와중에 모두 사라지고 없었다. 이제 영흥 극월세가까지 무사히 도착하기만 바라면 되었다.

"쩝!"

같이 가지 못해 아쉬운 외수가 다시 낭왕에게로 눈을 돌렸다.

둘 남은 괴인. 외수는 다소 편안해졌다. 낭왕의 무위, 그의 공력을 확인한 터라 잘못될 걱정은 하지 않아도 될 것 같아서였다.

맨바닥에 털썩 주저앉는 외수. 지치기도 치쳤지만 엉망인 몸 상태에 조치를 취하기 위해서였다.

전신을 짓누르는 고통을 억지로 참으며 출혈이 극심한 상처마다 바쁘게 손을 놀리는 외수. 옷자락과 장포를 찢어 싸매고 묶기 시작했다.

그러나 정신없이 그러고 있을 때 외수는 자신을 향해 아주 가까운 곳에서 칼 하나가 서서히 고개를 쳐들고 있는 것을 몰랐다.

자객도였다. 아직 숨이 완전히 끊어지지 않은 채 널브러져 있던 살수 하나가 가까이 앉은 외수의 등판을 노리며 꿈틀꿈틀 치명적인 거리를 좁히고 있었다.

자모원앙월과 월아산을 든 두 괴인을 마주한 낭왕.

두 괴인은 함부로 달려들지 못하고 거리를 유지하기만 했다.

한풀 꺾인 기세. 낭왕은 내버려 두지 않았다.

두 사람을 향해 성큼성큼 다가서는 낭왕.

받아칠 태세로 바짝 웅크린 채 양쪽으로 물러나는 두 사람.

그러나 낭왕이 비호같이 덮쳐들며 다시 격돌이 시작되었다.

부웅! 부욱! 콰쾅! 쾅!

월아산과 원앙월, 낭왕의 염라귀척부가 섬광과 굉음을 토해냈다.

두 명의 괴인은 낭왕의 무력을 이겨내지 못했다. 다섯이 멀쩡할 때도 부담스러웠던 낭왕의 무위. 두 괴인은 염라부와 귀척부에 밀려 물러나기 급급했다.

그런데 공세를 이어가던 낭왕이 갑자기 움직임을 멈추고 고개를 돌렸다.

바닥에 퍼질러 앉아 치료에 열심인 궁외수를 덮치는 움직임.

"갈(喝)!"

고막이 터질 듯한 사자후(獅子吼).

낭왕은 궁외수의 뒷목에 자객도를 내리긋는 살수를 향해 전력을 실어 염라부를 내던졌다.

부아아악!

맹렬한 파공선만 났다. 날아가는 염라부는 보이지도 않을 정도였다.

픽!

터져 나가는 육신.

사자후에 터질 듯한 귀를 막고 웅크렸던 외수의 등판 위로 피와 살점이 흩어져 내렸다.

그제야 상황을 깨달은 외수. 허둥지둥 돌아보았을 때는 폭발해 버린 살수의 육체만 뒹굴고 있었다.

"둔해빠진 놈! 정신을 어디에 놓고 있……!"

일갈을 토하던 낭왕이 갑자기 말을 끊었다.

부릅떠진 그의 눈.

계속 밀려가기만 했던 뒤쪽 두 괴인이 야릇한 미소를 흘리고 있었다.

흔들리는 동공으로 자신의 가슴팍을 내려다보는 낭왕.

등을 뚫고 이물질 하나가 몸속에 들어와 있었다.

늦었다. 너무나도 빠르고 가느다란 파공성이었기에 인지했을 땐 이미 대책이 없었다.

낭왕이 고개를 돌려 월아산과 자모원앙월을 든 두 괴인이 아닌 오른쪽 어깨가 갈라져 쓰러진 자를 노려보았다.

작고 구부정한, 그리고 철구를 운용했던 자.

부상이 너무 컸기에 반쯤 죽었을 것이라고 판단했던 그자가 내뻗은 손엔 작은 대롱이 쥐어져 있었다.

'수전(袖箭)'이란 암기였다. 비침이란 아주 작고 가느다란 화살을 쏘아내는 암기.

대롱 속 용수철과 발사 장치가 있는 한 뼘 길이도 안 되는 무기.

한 발을 발사하는 단통수전(單筒袖箭)부터 아홉 발까지 발사할 수 있는 구궁수전(九宮袖箭)까지 있었지만 그자가 쥔 건 두 개짜리 쌍통수전이었다.

"크크큭, 한 발이면 충분하겠지?"

놈이 팔을 내뻗은 채 승자의 미소를 뿌렸다.

안색이 굳는 낭왕. 독이 발린 비침이란 걸 인지했고, 그걸 쓰러진 자도 지껄였다.

"키키키, 해독제도 없어! 말했지? 우리 손에 죽게 될 거라고. 크크크, 크크크큭!"

낭왕은 득의 찬 웃음을 흘려대는 놈을 보며 염라부와 귀척부를 손에서 놓고 빠르게 스스로 혈도를 점했다. 그리고 내력을 운용해 최대한 독이 퍼지는 걸 막았다.

보고 있던 외수도 사색이 되었다. 낭왕이 자신을 덮친 살수를 향해 도끼를 던지던 순간에 무언가에 당했단 걸 인식했고, 그게 독이 발린 암기라는 것도 지금 인지했다.

"여, 영감?"

정신마저 혼미해진 외수.

그때 낭왕의 몸에서 비침이 튀어나왔다. 내력으로 밀어낸 것이었다.

튀어나온 비침은 바로 쓰러진 자를 향해 쏘아져 그의 이마 정중앙을 뚫고 들어갔다.

풋!

독침을 다시 되돌려 받은 괴인. 그래도 그의 미소는 떠나질 않았다.

"흐흐흐, 해독제는 없다고 했잖아. 고마워, 깨끗이 갈 수 있게 해줘서."

그 말을 끝으로 괴인은 푹 고꾸라졌다.

낭왕도 비틀거렸다. 눈을 찌푸린 것으로 보아 시야도 흐려지는 듯했다. 핏덩이가 목을 타고 올라오는지 가끔 울컥거렸고 입가에 핏물도 비쳤다.

그 모습을 보며 남은 두 명이 만면에 미소를 흘렸다.

"크크큭, 낭왕은 끝났고 이제 저놈을 처리하고 마차를 쫓으면 되는 건가."

월아산을 든 자가 충격에 넋을 빼고 있는 외수를 향해 다가섰다.

한 놈을 죽이는 데 일조했다지만 외수가 상대할 수 없는 자.

넋을 놓고 있던 외수는 그가 다가오는 걸 인지하고 미친 듯이 달려들었다. 낭왕이 자기 때문에 당했다는 사실. 죽을지도 모른다는 생각 때문에 미칠 것만 같았다.

"천둥벌거숭이 같은 놈!"

부웅!

괴인의 손에서 허공을 한 바퀴 휘돈 월아산이 커다란 원을 그리며 외수를 향했다.

콰앙!

일신에 타고난 힘을 지닌 외수였지만 괴인의 공력에 형편없이 밀렸다. 온전하지 못한 정신 상태에 나가떨어져 뒹굴지 않은 것만 해도 다행이었다.

콰앙!

다시 휘둘러진 월아산에 이번엔 외수의 칼이 부러져 나갔다.

거의 반 토막이 나버린 칼. 그걸 들고 싸우기엔 너무도 불리한 상황.

대책을 생각할 틈도 없이 월아산이 휘몰아쳐 오는 그때 낭왕의 염라부가 다시 공간을 가르는 소리가 들렸다.

휙휙휙휙!

그 와중에도 낭왕은 외수를 구하려 또다시 도끼를 던진 것이었다.

무시무시한 파공성. 피할 수 있는 도끼가 아니었다. 맹렬한 속도로 회전을 하는 탓에 강기가 사방으로 흩뿌려질 정도였다.

장병기인 월아산으로 막기엔 너무도 강력한 염라부. 막긴 막았으나 월아산의 창대로 막은 것이 실수였다. 창대가 버티기엔 낭왕의 도끼는 너무도 강력했다.

"헉!"

창대를 자르고 도끼는 괴인의 면상에 찍혀들었다.

퍼퍼퍽!

쪼개지는 정도가 아니라 아예 터져 버리는 머리통. 그 핏덩이가 외수에게까지 덮칠 정도였다.

한데 낭왕의 염라부는 회수되지 못했다. 괴인을 터트리고 날아가 그대로 떨어졌다.

또 하나의 도끼 귀척부를 집어 드는 낭왕. 그는 비틀대고 있었다.

이제 하나 남은 적.

외수가 다급히 소릴 지르며 달려갔다.

"내, 내가 처리하겠소!"

외수는 견딜 수 없었다. 자기 때문에 독침을 맞은 낭왕이 또 공력을 사용하고 움직이는 것을 용납할 수 없었다.

하지만 낭왕은 들은 척도 않고 한발 먼저 움직였다.

마지막 남은 자가 슬금슬금 물러나며 비아냥거렸다.

"죽은 시체가 움직이는 것 같군. 어차피 죽을 인간이! 그렇게 공력을 사용하고 움직이면 더 빨리 죽는다는 걸 모르나?"

그는 적당히 피해 다니며 시간만 벌면 된단 생각에서인지 적당한 거리를 유지한 채 도주할 자세를 충분히 갖추고 있었다.

한데 쏘아진 낭왕의 속도는 상상을 초월했다.

낭왕이 움직인다 싶은 순간 같이 신법을 펼쳐 달아나려던 괴인은 몇 발짝 가지 못했다. 낭왕의 신형이 솟구친 것이 아니라 앞으로 직선으로 쏘아져 갔기 때문이었다.

마치 큰 걸음을 한 번 내디딘 것 같았다. 가볍게 한 발짝을 떼어놓은 것 같았는데 어느새 그의 신형은 도주하는 자 앞에 다다라 있었다.

쏘아져 오는 낭왕을 보고 사색이 된 괴인. 양손의 자모원앙월을 연속해서 던져 접근을 막으려 했지만 귀척부로 가볍게 걷어낸 낭왕의 속도는 조금도 줄지 않았다.

"허억?"

도주하는 자의 뒷목덜미를 어느새 움켜잡은 낭왕.

"살 기회를 주겠다. 네놈들의 정체를 밝혀라! 배후에 누가 있느냐?"

분노로 끓는 무시무시한 낭왕의 안광.

놀라 사색이던 괴인이 체념한 듯 웃기 시작했다.

"크크크크, 과연 낭왕이군. 과소평가했어. 아니면 우리가 스스로 과대망상에 빠져 있었거나. 어떡하지, 낭왕이 살려준다면 절대 허언이 아니겠지만 내 입으론 말할 수 없어서? 헛수고 말라고. 크흐흣흣!"

말이 끝나기 무섭게 낭왕은 주저 없이 손아귀에 힘을 주었다.

퍼억!

터져 나가는 목. 손에서 머리와 몸통이 분리되어 바닥을 뒹굴었다.

그와 함께 낭왕도 무릎을 꿇고 엎어졌다.

"크헙!"

고통에 겨운 낭왕의 인상.

"여, 영감?"

달려온 외수가 어찌할 줄을 몰라 했다.

"부축하겠소. 말을 타시오. 의원에게 갑시다."

외수가 달려들자 낭왕이 거세게 팔을 뿌리쳤다.

"치워라! 크허헉, 컥!"

소리를 지르고 한 움큼 핏덩이를 토해내는 낭왕. 그 양이 적지 않았다. 더구나 색깔까지 시커멓다.

"여, 영감?"

안절부절 뭘 어떻게 해야 할지 갈피를 못 잡고 허둥대는 외수.

낭왕은 도끼자루에 의지한 채 연거푸 피를 토해냈다. 안색마저 이미 검푸르게 변해가고 있는 그였다.

"영감, 이러고 있어선 안 되는 것이잖소. 어서……."

"시끄럽다! 해독할 수 없는 극독이다."

다시 한 번 외수의 손을 뿌리치는 낭왕.

외수는 아연해졌다. 극독이라니. 거기다 해독까지 할 수 없는 독? 그럼 결국 죽는단 말인가.

"젠장!"

손등으로 입가의 피를 훔치며 한탄을 토하는 낭왕의 표정이 몹시도 처연했다.

"자식마저 독에 죽고 손녀까지 독에 눈을 잃었거늘. 그런데도 멍청이 같이 이런 꼴을 당하다니!"

자학을 하는 낭왕. 그의 눈에 눈물이 어린 듯했다.

외수는 그의 앞에 힘없이 주저앉았다. 괴로웠다. 자기 때문에 희대의 고수가 이런 어처구니없는 현실에 처했다는 사실을 견딜 수가 없었다.

"어떡해야 합니까. 제가 무엇을 해야 하는 겁니까?"

죄인이 된 마음에 정신이 멍한 외수가 나오는 대로 지껄였다.

고통에 겨운 낭왕의 시뻘건 눈이 외수를 죽일 듯이 째려보았다. 그리곤 갑자기 외수의 멱살을 확 잡아 당겼다.

"네놈, 너 때문에 내가 죽게 되었으니 약속 하나 해라!"

"뭡니까?"

"내 손녀 아이! 반야가 능선 너머 산자락 길 위에서 날 기다리고 있다."

"……."

"그 아일 나 대신 평생 지켜주겠다고 약속해라!"

"……."

외수는 목이 메어와 대답을 못 했다.

낭왕이 멱살을 더 힘차게 쥐어 당기며 소리쳤다.

"대답해라, 이놈! 네놈 때문에 이렇게 된 것이 아니더냐! 약속해! 반야를 네놈 죽을 때까지 보호하며 손과 발이 되어주고 눈이 되어주겠다고!"

"그러겠소. 낭왕!"

"맹세해라!"

"맹세하오! 내 숨이 붙어 있는 한 그녀를 돌봐주겠소."

노려보는 낭왕의 핏빛 동공이 심하게 흔들렸다.

"좋아. 네놈이 반야보다 먼저 죽어서도 안 된다. 반드시 내 손녀가 생을 다하는 날까지 살아남아 방금 한 약속을 지켜라. 네놈 때문에 발생한 네놈의 책임이다. 만약 그 약속을 어긴다면 구천에서도 널 용서하지 않을 것이다."

"지킬 것이오. 영감을 대신해 그녀가 행복할 수 있도록 내 모든 힘을 다하겠소."

"……."

절절한 외수의 대답. 낭왕이 그제야 멱살을 움켜쥔 손아귀의 힘을 천천히 풀었다.

"젠장, 하필이면 네놈이라니!"

탄식을 하는 낭왕. 어쩔 수 없는 선택이 더욱 아픈 듯했다.

그가 손을 놓자 이번엔 외수가 달려들어 낭왕을 와락 붙잡았다.

"어떡해야 하오? 어떡해야 하는 것이오? 정말 대책이 없는 것이오? 정말 이렇게 허무하게 죽어야 하는 거요?"

울분에 숨이 막히는 외수. 무너지고 있는 가슴 때문에 눈물마저 그렁그렁한 외수였다.

그가 아닌 자신이 처했어야 할 상황. 그가 자신을 대신해 죽어가고 있었다. 바보같이. 뒤에서 덮치는 놈을 스스로 감지해 응수하기만 했더라도 낭왕이 죽어갈 일은 없었을 것이었다.

"흑흑!"

외수는 처음으로 울었다. 낭왕, 그가 특별한 교분도 없었던 엉뚱한 자신은 살리고 그 자신은 죽는다는 생각에 나오는 건 눈물뿐이었다.

"네놈 지금 우는 것이냐?"

"……"

"눈물이라니. 네놈에게 과연 그런 것도 있었단 말이냐. 후우!"

힘이 드는지 낭왕이 고개를 억지로 쳐들어 심호흡을 했다.

외수는 그 사이 눈물을 훔쳤다.

기억이란 게 생기고 나서 최초로 흘리는 눈물. 눈물 따위 흘려본 적이 없는 외수였건만 지금은 끝도 없이 흘러나왔다.

낭왕이 다시 고개를 내려 그런 외수를 보았다.

"부탁 하나만 더 하자!"

"말씀하시오!"

"여기서 멀지 않은 내 거처, 부오산에 가면 초옥 뒤뜰에 내 아들의 무덤이 있다. 날 그 옆에다 묻어다오."

"……."

또다시 울컥 목이 메는 외수다.

"대답해라, 시간이 없다!"

"그, 그러겠소!"

외수는 악을 쓰듯 대답했다.

"그래, 악마지만 악마 같지 않은 놈! 네놈 믿어 보겠다! 네가 받아간 책을 봤느냐?"

"봤소."

"이해할 수 있겠더냐?"

"……."

외수는 대답 대신 고개만 살짝 저었다.

"지금부터 내가 그것을 가르쳐 주마!"

"……?"

"앞에 앉아라!"

외수는 의지하고 있던 도끼를 놓고 먼저 가부좌를 틀고 앉는 낭왕을 보며 어리둥절했다. 무슨 말을 하는 것인지 이해를 못해서였다.

"앉으라니까! 등을 보이고!"

고함을 지르는 낭왕.

다급한 그를 보며 외수는 일단 시키는 대로 했다.

"눈을 감고 심호흡을 해라! 지금부터 운기 과정을 직접 네 몸속에서 운용해 보일 것이다. 네놈은 몸과 머리가 깨어 있는 놈이니 시키는 대로 호흡을 따라하고 그 순서와 강약 조절, 이동 과정을 똑똑히 기억해라."

외수가 심호흡을 마치자 낭왕이 즉시 등에 두 손을 붙여갔다.

낭왕의 쌍장이 등에 닿자마자 외수는 움찔했다. 막대한 기운이 자기 몸속으로 이동해 오는 것을 확연히 느낄 수 있었다.

밀려드는 기운 때문에 몽롱해지는 정신. 그리고 뇌 속에서 낭왕의 음성이 들렸다.

[지금 진기가 미친 곳이 전정(前頂)이다. 여기서 이동해 상성(上星), 그리고 태단(兌端)을 거쳐 요양관(腰陽關)으로! 뇌호(腦戶), 풍부(風府)를 거쳐 백회(百會)…….]

낭왕은 외수가 되새기며 기억할 수 있게 천천히, 그리고 자세한 설명을 덧붙이며 진기를 움직였다.

외수는 그제야 책 속의 그 난해하던 글귀들이 이해가 되었다. 혈도가 무엇이고 기도와 맥이 무엇인지 하나하나 쉽게 와 닿았다.

하지만 걱정을 떨칠 수 없었다. 내력, 즉 진력을 움직인다는 것은 독을 당한 낭왕에겐 그만큼 위험한 일일 것. 계속 이러고 있어도 되는 것인지 회의가 들었다.

그때.

[이놈, 집중해라! 두 번 반복할 수 없다. 이게 내가 하는 마지막 일이다. 기억하지 못하면 모든 게 허사로 돌아간다!]

뜨끔한 외수는 다시 정신을 모았다.

계속되는 낭왕의 전음. 그리고 진기의 이동.

그런데 진행되면 될수록 몸 곳곳에 묘한 기운이 쌓이는 걸 느낄 수 있었다. 마치 몰려온 기운들이 너도나도 자리를 잡고 앉아 겹겹이 쌓이는 기분.

외수는 자기 몸에서 아지랑이처럼 기화가 피어오르는 것도 모르고 있었다.

시간이 지날수록 낭왕의 전음도 호흡도 거칠어지고 있었다. 그럼에도 외수는 집중을 흩트리지 않으려 애를 썼다. 낭왕의 노력을 수포로 돌리지 않기 위해서였다.

"하악, 하악!"

거친 낭왕의 숨소리.

[운용 방법을 이해했느냐?]

"예, 대강! 한데 몸이 뜨겁습니다. 마치 몸 안에서 무언가 터질 듯이 들끓는 것 같은데, 왜 이럽니까?"

[나의 내공이다.]

"내공이요……?"

[그렇다. 전이 과정은 끝났다.]

"전이요?"

[그래. 심공의 운용법뿐 아니라 내 모든 공력도 네게 전이되었다. 지금 익힌 일원무극공의 경로에 따라 운기를 하다 보면 네 스스로 내력을 갖추는 것만이 아니라 내가 심은 공력도

부담 없이 운용할 날이 올 것이다. 아마 네놈의 능력이라면 그리 오래 걸리지 않겠지… 이제 손을 떼겠다. 전이된 기운이 차분해지면 눈을 뜨고 심호흡을 해라.]

떨어지는 낭왕의 손.

외수는 충격적이었지만 눈을 감고 손을 모은 채 몽롱해진 정신이 돌아오길 기다렸다.

얼마나 시간이 흘렀을까. 마치 꿈속에 있는 것처럼 비몽사몽 하던 정신이 빠르게 맑아졌고, 외수는 눈을 뜨고 고개를 들었다.

"후우!"

심호흡을 한 외수가 낭왕을 돌아본 뒤 기겁을 했다.

"영감? 영감?"

쓰러져 있는 낭왕. 입가에 시커먼 핏물이 넘쳐 있었고, 얼굴도 까맣게 변해 있었다.

그를 잡고 흔드는 외수.

실눈이 흐릿하게 뜨여졌다.

"영감? 죽지 마시오!"

왈칵왈칵 솟아 떨어지는 외수의 굵은 눈물.

"젠장, 아들 얼굴을 어찌 볼꼬……. 끄억!"

다시 시커먼 핏덩이를 게워내는 낭왕.

"영감, 제발! 제발!"

그를 끌어안은 외수가 연신 올라오는 입가 핏물을 닦아내며 울부짖었다.

희미한 실눈을 뜨고 외수를 보는 낭왕.

"푸흐흐, 참으로 웃기지도 않는군. 네놈을 죽이려던 내가 도리어 네 녀석을 살려놓고 내 모든 내력까지 전수하다니. 이런 어처구니없는 일이… 듣거라, 이놈!"

"말씀하시오!"

"네놈, 악마가 되어도 좋다. 무슨 일이 있어도 내 손녀 반야가 죽을 때까지 행복할 수 있게 지켜줄 수만 있다면."

"그러겠소. 그럴 것이오. 내 친누이처럼 돌봐주겠소. 하지만 제발! 이대론 죽진 마시오. 으허헝!"

"후훗. 그 눈물, 그 울음… 진심이로구나. 안심했다. 그나마 내 선택이 아주 잘못된 것 같진 않아 편히 갈 수 있겠구나. 부탁… 한다."

감기는 낭왕의 눈. 그의 숨소리도 천천히 멎었다.

"낭왕! 영감! 으허헝, 크허허헝!"

오열하는 외수. 낭왕의 주검을 끌어안고 떨어질 줄 몰랐다.

"크허허헝! 엉엉엉!"

심장이 터질 것 같은 오열.

눈물이 마를 때까지 울던 외수가 천천히 일어났다.

외수는 남은 눈물을 닦고 주변을 둘러보았다. 무수히 널린 시체, 진동하는 피비린내. 살아남은 자는 없었다.

위사들의 시체를 보던 외수는 귀척부와 멀리 떨어진 염라부부터 챙겼다. 그리곤 백설을 데리고 와 조심스럽게 낭왕을 올려 실었다.

　"걱정 마시오. 당신께 한 약속, 반드시 지키겠소."

第三章

슬픔을 달래는 법

설마 놈이 우릴 공격할 줄이야.

—무림삼성

　반야는 불안했다. 기다린 지 이미 꽤 많은 시간이 흘렀음에
도 할아버지가 돌아오지 않아 마음이 죄어들어 가고 있었다.

　주위 공기가 차가워지는 것을 보면 곧 날이 저물 것 같은데
아무리 귀를 기울여 보아도 할아버지의 발자국 소리는 들리
지 않았다.

　"아가씨, 어쩌누? 우린 이제 돌아가야 할 것 같은데?"

　노부부가 난처해하고 있었다. 이미 반야 때문에 오래 기다
린 그들이었다. 오후의 늦은 시간이 되면 산으로 드는 사람이
없기 때문에 벌써 돌아갔어야 할 그들.

　"괜찮아요. 들어가 보세요."

"그래도 어린 아가씰 이런 곳에 두고 어찌 가누. 괜찮다면 일단 우리 집에 가서 있다가 내일 다시 오는 게 어떻겠소?"

"아닙니다. 기다려야 해요. 할아버진 한 번 뱉은 말을 어기는 분이 아니거든요. 곧 돌아오실 거예요. 그러니 걱정 말고 어서들 들어가세요."

"아이고, 이거 참. 어쩔 수 없구려. 늙은이들이라 어두워지면 길을 갈 수가 없으니. 정말 괜찮겠소?"

"네. 고마웠습니다. 아, 그리고 이 의자도 가져가셔야죠?"

반야가 잊고 있었다는 듯 얼른 일어나며 앉아 있던 의자를 들어보였다.

"아니오, 아니오! 그깟 의자가 무엇이라고. 어차피 내일 아침이면 다시 나올 테니. 그냥 거기 두시구려."

"아, 알겠습니다. 감사합니다."

반야가 다시 의자를 놓고 앉았다.

달가닥 달가닥. 허름한 수레바퀴 굴러가는 소리. 노부부는 수레를 밀고 가면서도 걱정스럽다는 듯 자꾸만 반야를 돌아보았다.

노부부가 떠나고 고요해진 산중. 어떤 소리도 들리지 않는 산길에 반야 혼자 덩그맣게 남았다.

바람이 제법 스산해지고 혼자 무서울 법도 한데, 겉으로 표를 안 내고 참는 것인지 그녀는 다소곳이 손을 모아 앉은 자세 그대로 흔들림이 없었다.

그러기를 다시 반 시진. 지루한 시간이 흐르던 가운데 문득 반야의 고개가 갸웃했다.

무언가에 집중하는 반야.

또각또각.

그녀의 귀에 포착된 것은 느릿하게 걷는 말발굽 소리였다.

할아버진 줄 알고 귀를 기울였던 반야의 얼굴에 실망이 어렸다.

한데 소리가 가까워질수록 안색이 점점 굳어졌다. 익숙한 기운, 그리고 혈향.

"할아버지세요?"

반야가 조심스럽게 다가오는 소리를 향해 물었다.

그러나 대꾸가 없었다.

상기된 반야. 소리가 앞에 와서 멈추자 의자에서 조심스럽게 일어났다.

"궁 공자님?"

반신반의, 그럴 리가 없다는 듯 고개만 갸웃대는 반야. 하지만 낭왕의 시신을 실은 백설을 끌고 나타난 외수였다.

"그래, 나야."

외수의 대답에 반야의 눈이 휘둥그레졌다. 의아함을 감추지 못하고 놀라는 모습.

"궁 공자님이 여긴 어떻게?"

외수는 어떻게 말을 꺼내야 할지 멍하기만 했다. 오는 동안 내내 그 생각뿐이었지만 어디서부터 시작해야 하는 것인지 결국 찾아내지 못했다.

"그런데 피 냄새가 나요. 다치셨어요? 독을 당한 것 같이 깨끗하지 못한 냄새가……?"

정말 귀신같은 반야였다.

외수는 백설의 등에 실린 낭왕을 돌아보곤 결국 아무 말도 못하고 고개를 푹 숙였다.

"공자님, 왜 말이 없으셔요? 얼마나 다치신 거예요?"

결국 반야가 손을 더듬으며 다가섰다.

가슴팍에 닿는 손.

"반야……."

"네, 공자님!"

"난 괜찮아. 그런데 할아버지가……."

"할아버지요?"

외수는 말을 이을 수가 없었다.

"할아버질 만나셨어요?"

"여기… 있어."

"……?"

멍한 표정의 반야. 하지만 그녀는 바로 무언가 잘못되었다는 걸 알았다.

굳어진 얼굴로 역한 혈향이 풍기는 곳으로 움직이는 그녀. 외수가 끌고 온 말을 더듬어 실려 있는 시신에 손이 닿았다.

"아악!"

늘어진 낭왕의 시신. 시신의 정체를 확인한 반야는 비명과 함께 그대로 주저앉았다.

"할아버지! 할아버지가 왜? 끄윽……!"

"반야?"

충격을 못 이겨 뒤로 넘어가는 그녀.

외수가 황급히 부축했지만 쓰러진 그녀는 이미 혼절을 한 상태였다.

"반야? 반야?"

소릴 지르고 얼굴을 흔들어도 소용이 없었다. 눈가에 흐르는 한 방울 눈물만이 그녀가 떠안은 충격을 대신 말하고 있었다.

침통한 외수는 그녀를 안은 채 꼼짝도 못했다. 이럴 걸 예상했지만 그녀의 충격과 아픔을 어떻게 달래주어야 할지 막막하고 답답해 가슴이 터질 것만 같았다.

완전히 의식을 놓아버린 반야. 외수는 그녀를 안고 일어나 한 팔로 엉덩이를 받쳐 품에 다정히 안은 다음 백설의 고삐를 잡고 돌아섰다.

부오산을 찾는 것은 어렵지 않았다. 길에서 만난 농부 하나가 부오산과 낭왕의 거처가 위치한 협곡까지 상세히 가르쳐 줬고, 어둠이 배어드는 산길을 걸어 달빛이 휘황해졌을 때쯤 외수는 낭왕의 초옥에 도착할 수 있었다.

그때까지도 반야는 의식이 돌아오지 않고 있었다.

외수는 방문을 열어 집 안을 확인한 다음 반야가 쓰던 침대로 보이는 곳에 그녀를 가만히 누이고 등을 찾아 불을 밝혔다.

온몸이 부상 중인 외수. 반야를 안고 오느라 그 고통은 말할 수 없이 극심했으나 어찌 의식하고 있을까. 낭왕이 죽은 그 순간부터 자신의 몸뚱이는 아무것도 아니었다.

다시 밖으로 나온 외수. 백설에 실린 낭왕의 시신을 내리며 혼자 슬픔을 읊조렸다.

"미안하오. 이렇게 불편하게 모실 수밖에 없었구려."

외수는 안아 내린 낭왕의 시신을 집 앞 평상에 눕혀놓고 깨끗한 수건을 물에 적셔와 그의 얼굴과 몸에 얼룩진 피를 닦기 시작했다.

깊은 시간이지만 밝은 달빛 때문에 대낮 같이 훤한 산골. 외수는 삽을 찾아 뒤뜰로 향했다.

달빛이 가득한 집 뒤 풍광. 조금 둔덕이 진 그곳에 두 개의 무덤이 있었다.

외수는 무덤 위쪽 좋은 자리를 살펴 거침없이 땅을 파기 시작했다. 여전히 몸을 움직이는 데 고통이 따랐지만 의식하지 않았다.

하지만 기진맥진이었다. 부상도 부상이거니와 기력이 남

아 있지 않아 중간중간 줄줄 흐르는 땀을 식혀가며 해야 했
다.

외수가 낭왕을 누일 자리를 다 파냈을 땐 아스라이 동이 터
올 무렵이었다.

파낸 흙더미 위에 앉아 이마의 땀을 닦는 외수.

그때 비명이 들렸다. 반야의 음성.

외수는 벌떡 일어나 달렸다. 평상 위 낭왕의 주검을 끌어안
고 엎어져 울고 있는 반야. 깨어 혼자 걸어 나온 모양이었다.

"할아버지, 할아버지, 엉엉엉!"

다가가지도 못하고 우두커니 선 외수. 진정하란 말도 할 수
없었다. 결국 반야는 다시 혼절하고 말았다.

낭왕을 부둥켜안은 채 정신을 잃은 반야. 외수는 물끄러미
그녀를 보고 있다가 조심스레 안아 들고 다시 집 안으로 들어
갔다.

"미안해……."

원래 자리에 눕힌 외수는 흐른 눈물로 범벅인 반야의 얼굴
을 내려다보며 그녀의 손을 꼭 쥐었다.

"내가 네 할아버지를 대신할 수 있을지 모르겠지만, 최선
을 다해 지켜줄게."

지킬 사람이 한 사람 더 생긴 외수. 진심이 전해지길 바라
듯 침대 옆 의자로 옮겨 앉아 잡은 반야의 손을 놓지 않았다.

"으음……."

창으로 비쳐드는 햇살 때문이었는지 반야의 눈꺼풀이 들썩였다.

"할아버지?"

꿈을 꾼 것으로 착각했는지 자신의 손을 잡고 있는 따뜻한 손을 느끼고 벌떡 일어나 앉는 그녀.

"……?"

하지만 할아버지의 손과는 다른 느낌.

반야는 조심스럽게 더듬어갔다. 헝클어진 머리. 이마, 콧날, 뺨… 반야는 깜짝 놀라며 손을 뗐다.

주르륵 흐르는 눈물. 다시 현실을 인지한 것이다.

"흐흑흑, 할아버지……."

흐느끼는 반야.

지쳐 자기도 모르게 잠이 들어버렸던 외수가 그때 깼다.

"반… 야……."

"공자님, 흑흑, 흑흑흑!"

외수가 쓰러지는 반야를 안아 다독였다.

"미안해. 네 할아버질 돕지 못했어!"

"어떻게, 어떻게 된 거예요? 할아버지가 어째서 독을?"

"암기였어. 날 살리시려다가 그만."

외수는 우는 반야를 안은 채 낭왕이 죽음에 이른 과정을 하나도 빼놓지 않고 그녀에게 말해주었다. 정체불명의 살수와 괴인들의 습격, 속수무책 죽어나가던 위사들, 행렬을 지키기 위한 몸부림, 낭왕의 등장과 혈투. 그리고 그의 심공과 내력을 전수받은 사실까지.

그럴수록 반야의 울음은 더 커졌다.

어떡해도 외수가 할 수 있는 일은 그녀의 등을 다독이는 일뿐이었다.

"반야, 할아버질 밖에 저렇게 모셔둘 수 없어. 뒤뜰에 편히 누울 자리를 팠어. 일어날 수 있겠어?"

외수의 말에 흐느낌만 이어가던 반야가 어쩔 수 없는 현실을 인정한 듯 눈물을 훔치며 가만히 침대에서 발을 내려놨다.

외수는 얼른 그녀의 신을 신기고 양쪽 어깨를 감싸 안아 부축했다.

밖으로 나온 반야가 외수의 손을 놓고 문 앞의 줄을 잡아갔다.

"저는 됐어요. 할아버지를⋯⋯. 흑흑!"

외수는 그제야 집 근처 이리저리 많은 줄이 쳐져 있는 것을 보았고, 그것이 반야를 위한 것임을 깨달았다.

외수가 거구의 낭왕을 안아 들고 뒤뜰로 향하자 반야가 그 줄을 잡고 천천히 따라 움직였다.

외수는 관도 없는 차가운 구덩이 바닥에 낭왕을 누이고 그의 분신이었던 염라부와 귀척부를 옆에 놓아준 다음 삽으로 천천히 흙을 덮기 시작했다.

"엉엉엉, 할아버지!"

점점 커지는 반야의 울음. 그녀의 통곡에 흙을 덮어가는 외수도 눈물을 그치지 못했다.

다시 쓰러질 줄 알았던 반야는 외수가 봉분을 다 쌓을 때까지 잘 견뎠다.

"반야, 마지막 인사를 드려!"

삽을 놓은 외수가 바닥에 엎어져 울던 반야의 손을 잡아 일으켰다.

봉분에 손이 닿은 곳까지 이끈 외수. 반야는 엎어져 봉분을 끌어안고 오열을 이어갔다.

"할아버지, 죄송해요. 언제나 제 옆에 계셨는데 할아버지 마지막 순간엔 제가 옆에 있어 드리지 못했네요… 죄송해요, 사랑해요. 편히 잠드세요. 언제나 할아버지와 함께할 거예요. 엉엉엉!"

외수도 같이 눈물을 떨어뜨리다 몇 걸음 물러나 절을 했다.

"편히 쉬시오. 당신이 남긴 걱정, 내가 쉽게 죽어선 안 되는 이유가 되었소. 반드시 지키겠소."

외수는 거듭 절을 한 뒤 머리를 처박고 한동안 일어나지 않았다. 그의 당부, 맹약을 다시 한 번 가슴 깊이 새기는 중이었다.

한참 만에 허릴 세운 외수. 마지막 인사를 나누는 반야를 가슴 아프게 보고 있다가 문득 천천히 일어났다. 먹을 걸 준비하기 위해서였다.

외수는 먼저 집 안 곳곳을 부지런히 살폈다. 부엌과 곳간, 그리고 각종 채소가 심어진 텃밭도 확인했다.

쌀과 말린 고기를 찾은 외수. 목에 아무것도 넘기지 못할 반야를 생각해 불을 피워 죽을 끓이기 시작했다.

꽤나 오래 끓인 죽이 완성되었을 때 외수는 무덤에서 반야를 데리고 내려왔다.

"힘들겠지만 이거라도 조금 먹어!"

탁자 위의 죽 한 그릇.

하지만 반야는 말없이 고개를 젓곤 침대로 가 엎어졌다.

"흐흑, 흑흑!"

하루 이틀로는 끝나지 않을 슬픔. 외수는 그녀를 건들지 않았다. 그저 지켜보며 기다리는 수밖에.

반야는 울다가 지쳐 잠이 들었고 다시 깨어 울기만을 반복했다.

외수는 잠이 든 반야를 지켜보다 집 안 반대편에 있는 낭왕의 것으로 보이는 침대로 가 지친 몸을 뉘었다.

얼마나 시간이 흘렀을까. 잠시 눈을 붙이겠다고 누웠던 외수는 얼마나 잤는지도 모르고 깼다.

외수는 눈앞에 어른거리는 그림자에 화들짝 놀라 일어났다.

"반야?"

달빛이 비쳐 드는 집 안. 그녀가 자신을 내려다보고 있었다.

"이런 내가 얼마나 자버린 거지? 괜찮아?"

해쓱한 반야의 얼굴이었다.

"아니요, 괜찮지 않아요."

"그런데 왜 일어서 있어? 어서 앉아! 먹을 걸 준비해 줄 테니."

어딘지 냉량한 반야. 외수는 얼른 그녀를 의자에 앉혔다.

"하루 하고도 반나절을 잤어요."

"응? 내가?"

다시 죽을 끓이러 가던 외수가 놀라보며 놀랐다.

"네, 공자님이요."

"미, 미안해. 잠깐 쉬려던 게 나도 모르게. 깨우지 그랬어."

"그건 아무래도 상관없고, 진기를 나눠줘요."

"응? 진기?"

"네. 왜 할 줄 모른단 듯 반응하세요?"

"할 줄 모르는데?"

"거짓말! 할아버지께 내력과 운기법에 대해 배웠다고 했잖아요."

"배우기야 했지. 하지만 받기만 했을 뿐 아직 한 번도 해보지 않았고, 더구나 다른 사람에게 진력을 이동시킨다는 건······?"

"운기를 한 후 할아버지께 받은 과정 역순으로 하면 되잖
아요."

물끄러미 쳐다보는 외수.

"그런··· 가?"

논리야 그랬다. 하지만 해보지 않은 일이라 알 수 없었다.

"해주세요!"

"으응. 그런데 가능할까?"

뭉그적대는 외수. 그가 한 사람 앞에서 이처럼 어려워하고
난처해하는 모습을 보이는 건 처음 있는 일이었다.

"하다가 잘못되면 난 해결 방안도 모르는데······."

노려보는 반야. 금방이라도 눈물을 떨굴 듯 원망이 가득한
눈초리였다.

"상관없어요!"

반야의 말투는 마치 죽어도 아무런 미련이 없다는 것 같았
다.

외수는 어쩔 수 없이 시도해 보기로 작정하고 반야를 일으
켜 침대로 이끌었다.

말없이 침대 위에 올라가 앉은 반야. 외수가 조심스레 그녀
의 뒤로 올라앉았다.

"그럼··· 시작해 볼게."

여전히 자신이 없는 외수. 일단 가부좌를 틀고 손을 모은

다음 눈을 감았다.

일원무극신공의 운기. 낭왕이 가르쳐 준 이후 처음 하는 운기행공이었다.

외수는 이내 집중했다. 낭왕이 시범을 보였던 대로 호흡부터 시작해 기를 모으고 움직이려 애를 써보았다.

그런데.

츠츠츠츠츠······.

외수가 깜짝 놀라 다시 눈을 떴을 정도로 확 일어나는 기운.

'이게 무슨 조화지? 낭왕의 기운이 움직인 건가?'

외수는 멍했다. 한 번도 경험해 보지 못한 기(氣)의 생성과 움직임.

그런 듯했다. 지금까지 내력이란 것을 만들어보기는커녕 그·자체를 몰랐던 자신에게 이처럼 막대한 기운이 한꺼번에 일어나는 것을 보면 낭왕이 전이시켜 심어놓은 기운이 운기행공 자체를 원활히 돕고 있는 것 같았다.

"왜 그러세요?"

"아, 아니야."

외수는 다시 호흡을 가다듬고 집중했다. 차분하고 침착하게.

천천히 심결 경로를 따라 운공을 시도하는 외수. 기가 생성되고 모이는 게 확연히 느껴졌다.

'원래 누구나 다 이런 것은 아니겠지?'

외수는 알 수 있었다. 낭왕이 기도를 열어놓고 그의 내공이 조력 작용을 하기에 지금과 같은 일이 가능하다는 것을.

"음……."

다시 한 번 낭왕을 생각한 외수는 가만히 반야의 등에 손을 붙여갔다. 경로를 따라 운공이 한 바퀴 이루어지고 생성된 기운의 가닥이 잡히자 외수는 낭왕이 자신에게 내력을 전달했던 과정 역순으로 진기를 움직여 갔다.

츠츠츠츠……

과연 문제없이 진행될 것인지 의구심을 떨칠 수 없는 그때, 자신의 손을 통해 이동한 기운이 반야의 몸으로 무리 없이 넘어가는 것을 느낄 수 있었다.

기쁨에 자기도 모르게 눈을 뜬 외수. 하지만 이내 다시 눈을 감고 집중했다.

"됐어요."

진기를 불어넣기 시작한 지 일 각쯤 흘렀을 때 반야가 먼저 몸을 움직였다.

외수가 손을 거두자마자 그녀는 이불을 뒤집어쓰고 누웠다.

"잘 거예요. 밥 다 차리면 깨워요."

"아, 알았어!"

외수는 침대에서 내려와 그녀를 내려다보다가 서둘러 음

식을 준비하려고 분주히 움직였다.

그때 반야가 고함을 빽 질렀다.

"시끄러워요. 좀 살살 움직여요!"

"그, 그래!"

찔끔 꼼짝도 못 하는 외수. 멀거니 쳐다보다가 빈 그릇만 챙겨들고 아예 밖으로 나왔다.

고기를 굽고 채소를 볶고. 식사 준비야 천하의 한량인 아버지를 수발하느라 어릴 때부터 해왔던 일. 식은 죽 먹기보다 쉬운 일이었다.

자신이 거의 이틀이나 잤다면 그 사이 쫄쫄 굶었을 그녀를 생각해 서둘러 손을 놀리는 외수. 뚝딱 한 상이 차려지자 외수는 조심스럽게 반야를 깨웠다.

"많이 먹어!"

외수는 식탁으로 안내하고 직접 젓가락까지 손에 쥐어주었다.

"이건 탕채고, 이건 버섯볶음, 그리고 이건……."

"알아요! 식사나 하세요!"

여전히 퉁명스러운 반야. 전혀 풀릴 기미가 없는 얼굴이었다.

외수는 조용히 맞은편에 찌그러졌다.

반야는 생각보다 음식을 잘 먹었다. 오히려 모자라는 듯해서 외수는 여분의 음식까지 눈치껏 날라다주었다.

식사를 마친 후 반야는 다시 침대로 이동해 가만히 걸터앉아 달빛이 비쳐드는 창 쪽을 응시했다.

고정된 고개.

밖을 내다본다고 보일까만 그녀의 시선은 뒤뜰 낭왕의 무덤과 부모님의 무덤을 향해 날아가 있었다.

숨이 막히는 외수. 그녀의 모습을 보는 것이 너무도 괴로워 밖으로 뛰쳐나왔다.

해줄 수 있는 것이 아무것도 없다는 사실. 자신이 그녀의 모든 것을 빼앗아 버린 기분을 떨칠 수가 없었다.

"휴우!"

탄식과 같은 한숨을 내쉰 외수는 개울이 내려다보이는 마당 끄트머리로 가 고개를 숙이고 앉은 채 그대로 밤을 새웠다.

다음 날 아침에도 반야는 변함이 없었다. 아침 일찍 혼자 밖으로 나와 뒤뜰 무덤으로 향했고, 하루 종일 거기만 앉아 있었다.

외수가 그녀에게 말을 붙일 수 있는 순간은 식사 준비를 했을 때뿐이었다.

사흘이 지나고 나흘이 지나도 똑같은 날만 반복되었다.

*　　　*　　　*

콰쾅! 콰콰쾅!

깊은 협곡의 나무들이 몸살을 앓았다. 거목이 허리가 터져 쓰러지는가 하면 뿌리째 뽑혀 날아가는 것도 있었다.

그 모두가 죽립과 면사로 안면을 가린 중년의 인물이 일으키는 소란이었다.

터져 버린 노화. 치밀어 오른 화를 주변 사물에 표출하는 중이었다.

"이런 병신 같은 것들! 도대체! 도대체!"

말조차 잇지 못하는 중년인.

그의 앞에 머리를 조아린 여섯 수하는 그저 눈치 보기에 바빴다.

"도대체 왜 이렇게 된 것이야? 전멸? 특급 살수 열 명과 무망산 무령 다섯이? 그 말뜻은 결국 편가연이 살아 돌아갔단 말 아니냐?"

"그, 그렇습니다. 그녀와 궁외수란 놈의 시체가 발견되지 않은 걸로 봐선……."

"이런!"

콰콰쾅! 쾅쾅!

긴 흉터를 가진 애꾸눈 사내가 무척이나 조심스런 자세로 대답했으나 면사의 중년인은 거듭 화를 이기지 못하고 사방에다 공력을 뿌려댔다.

초토화가 되어가는 주변 풍경. 눈이 뒤집힐 만한 대단한 공력이었다.

그는 스스로 지쳐 호흡이 가빠졌을 때에야 발광을 다소 누그러뜨렸다.

긴 흉터의 애꾸눈 사내가 다시 자세를 가다듬고 말했다.

"가주! 조사한 바로는 아무래도 낭왕이 끼어들어 간섭을 한 것 같았습니다."

"낭왕?"

"예! 그의 도끼는 워낙 선명한 흔적을 남기는지라 틀림없었습니다."

"그러게 내가 뭐랬어? 그 인간의 은거지가 너무 가깝지 않냐고 했잖아! 등신같이, 희박하긴 했어도 일말의 가능성을 간과 말았어야지!"

"죄, 죄송합니다, 가주!"

"이런 머저리 같은 놈들을 믿고 내가! 빠드득… 그래서, 그 인간은 어떻게 됐어?"

"정확한 건 아닙니다만 흔적으로 보아 회복 불능의 치명상을 당하지 않았을까 사료됩니다."

"당연히 그랬을 테지. 무령을 다섯씩이나 잃었는데."

"그나저나 아버지, 낭왕이 우리가 생각했던 것보다 강자였던 모양이군요. 무령들이 당해내지 못한 것을 보면요."

"음……."

똑같은 면사와 죽립으로 얼굴을 가린 청년이 말에 중년인이 애꾸눈 사내에게 명령을 내렸다.

"확인해 봐! 그 인간이 죽었는지 살았는지!"

"알겠습니다, 가주!"

"아버지, 이젠 어쩔 수 없이 정공법을 택할 수밖에 없겠군요."

청년의 말에 중년인이 흘깃 쳐다보곤 불만스럽게 대답했다.

"위험하지만 그럴 수밖에! 그러지 않으면 지원자들이 슬슬발을 빼려고 할 테니까. 우리 힘을 더 키우려면 그놈들 도움이 절실히 필요해! 수단과 방법을 가릴 처지는 지났어!"

중년인은 짜증이 가득한 표정으로 먼 하늘에 눈을 두고 혀를 찼다.

"쯧! 명이 질기기도 하군. 그 아이가 운이 좋은 건지 우리가 운이 나쁜 건지!"

          *   *   *

영흥 극월세가.

많은 위사를 잃고 겨우 살아 돌아온 편가연과 시시는 하루하루 애가 타들어가고 있었다. 벌써 열흘 가까이 지났건만 궁외수가 돌아오지 않고 있었기 때문에 그랬다.

혹시나 죽지 않았을까. 날이 지나갈수록 그런 생각에 가슴이 터질 것 같았다.

두 사람은 돌아온 이후 방 안에서 꼼짝도 않고 있었다. 거듭된 습격을 받은 데다 이제 외수까지 옆에 없어 불안과 공포에 떨 수밖에 없었다. 본채와 문밖엔 위사들이 겹겹이 둘러싸고 유일하게 총관만 편가연의 방을 들락거렸다.

"대총관님, 어떻게 됐어요? 아직 소식 없어요?"

대총관 설순평이 들어서자 편가연보다 시시가 먼저 달려가 그를 맞았다.

안쪽 안락의자에 쓰러진 듯 몸을 묻고 있던 편가연도 상체를 일으켰다.

"이떻게 되었나요?"

애타는 얼굴. 하지만 설순평은 편가연과 시시의 걱정을 덜어주지 못했다.

"찾지 못했다고 합니다. 담 호위장과 우리 위사들 시신만 수습해 돌아왔다고 합니다."

"낭왕은요?"

"낭왕 염 대협의 시신도 없었다고 합니다. 한데 아가씨! 제 판단으론 크게 걱정을 하지 않으셔도 될 것 같습니다."

"어째서요?"

"사건 현장에 살수들과 그 괴인들의 시신들이 모두 확인이 됐다고 합니다. 그렇다면 두 분은 살아계신다는 뜻이 아니겠습니까."

"다른 자들이 나타났을 수도 있지요."

냉랭히 다그치는 편가연의 말에 설순평은 대꾸를 못하고 입을 닫았다.

"더 찾으라고 하세요. 그의 생사를 확인할 때까지!"

"알겠습니다, 아가씨!"

"그리고 담곤 호위장의 상태는 어떤가요?"

"시간이 걸리겠지만 다행히 소생할 듯하답니다."

"이번에 순직하신 모든 위사님들의 장례를 성대히 치르고 그 유족들께 최대한의 위로와 보상, 그리고 향후 삶까지 보장하도록 조치하세요."

"예, 아가씨! 그리하겠습니다."

설순평이 서둘러 물러났다.

다시 의자에 주저앉은 편가연은 낙심했다. 이번에 꼭 소식이 올 것이라 기대했건만 생사 여부조차 알 길이 없다니.

"아가씨, 별일 없겠죠? 맞아요. 괜찮을 거예요. 천하의 낭왕 대협께서 같이 계셨잖아요."

"시시, 하지만 낭왕도 그들에게 부상을 당하는 걸 봤었잖아. 바로 뒤따라오신다고 하신 분이 지금까지 연락이 없으니까 불안해."

"아니에요, 나타나실 거예요. 아마 어딘가에서 낭왕과 함께 부상을 돌보느라 늦어지는 걸 거예요."

"제발 그랬으면 좋으련만."

눈물을 글썽이며 애써 부정하는 시시. 편가연 역시 살아만
있어주길 간절히 고대했다.

                    *   *   *

"반야!"

외수는 근 열흘 만에 먼저 반야에게 말을 걸었다.

"왜요?"

여전히 퉁명스럽고 화난 듯한 대꾸. 낭왕의 묘 앞에 앉아
슬픔을 반복하는 것이 일상인 그녀는 돌아보지도 않았다.

"할아버지께 네가 행복할 수 있게 지켜주겠단 약속을 했
어."

"……."

말이 없는 반야. 외수는 머뭇거리다 본론을 시작했다.

"한데, 난 지켜야 할 사람이 또 있어."

"가세요!"

일말의 망설임도 없이 튀어나오는 대답. 당황스럽지 않을
수 없었다.

"신경 쓰지 말고 가세요. 그 약속 지키지 않아도 돼요."

"너, 넌?"

"난 여기 있을 거예요!"

"……."

답답한 외수는 남궁세가에서 그녀가 만났던 보성염가 염설희 가주를 떠올렸다.

"우선 할머니께 연락할까?"

"됐어요! 상관하지 말아요. 여기 있다가 죽든 말든… 당신은 필요 없어요!"

발끈한 반야가 벌떡 일어나 아래로 내달렸다. 줄을 잡지도 않고 그냥 내달리는 그녀.

"반야?"

붙잡을 틈도 없이 반야는 발을 헛디뎌 앞으로 굴러 떨어졌다.

기겁한 외수가 황급히 달려가 부축해 일으켰지만 이미 이마와 뺨이 긁혀 벌겋게 까졌다.

"이런?"

반야는 외수의 손을 뿌리치려 애를 썼다.

"놔주세요. 그냥 죽게 놔두세요!"

"반야! 어떡해야 돼? 내가 어떡해야겠어?"

자기도 모르게 커져 버린 음성.

"몰라요. 흑흑, 너무 아프고 힘들어요. 아무리 발버둥을 쳐도 이 아픔 이 고통을 벗어날 수가 없어요. 매일매일 당신을 구박해도 풀리지 않아요. 흑흑흑!"

"……."

"차라리 죽고 싶어요. 차라리 죽어서 할아버지 곁으로 가고 싶어요."

숨이 컥 막히는 외수였다. 무슨 말을 하랴. 그녀를 잡은 손만 덜덜 떨렸다.

"놔주세요. 혼자 있고 싶어요."

"안 돼!"

악을 쓰듯 내지른 외수의 고함.

놀란 반야가 고개를 들었다.

"아니야! 이건 아니야!"

갑자기 반야를 끌고 초옥으로 향하는 외수.

집 안으로 반야를 끌고 들어온 외수는 다짜고짜 그녀의 행낭을 챙겨 손에 잡히는 대로 마구 집어넣기 시작했다.

"뭐하는 거예요?"

소란스런 움직임에 반야가 물었지만 대답 않는 외수. 그는 더 챙길 것이 없는지 집 안을 한 번 둘러보고 마지막으로 자신의 칼과 장포를 집어 들었다.

외수의 생각은 하나뿐이었다. 여길 떠나야 한다는 것. 그것이 당장은 더 아프더라도 반야가 이 슬픔을 조금이라도 빨리 벗어날 수 있는 길이라 믿었다.

외수는 반야를 잡아끌다 못해 달랑 안아 들고 밖으로 나왔다.

"왜 이래요? 내려줘요! 어머?"

외수에겐 너무 가벼운 그녀. 매어놓은 백설의 등 위에 옆으로 올려 앉히고 자기도 뒤에 올라탔다.

그리곤 꽉 잡으란 말도 없이 무작정 달려가기 시작했다.

"이랴! 이랴!"

두두두두!

질주하는 백설. 반야가 무서워 소리도 지르기 못할 정도였지만 외수는 아랑곳하지 않았다.

얼마나 달렸을까. 말이 지쳐 힘들어하는 기색이 보일 때쯤에야 외수는 서서히 속도를 줄였다.

"나빠요, 엉엉!"

온몸에 힘이 빠진 듯 고개를 늘어뜨리고 우는 반야.

"내려줘요."

외수는 먼저 말에서 내려선 뒤 서둘러 그녀를 받아 내렸다.

눈물 콧물 울음을 그치지 않는 반야. 소리도 내지 못하고 꺽꺽대며 외수의 가슴팍을 쳐댔다.

"미안해. 이 방법뿐이었어."

"할아버지께 데려다줘요."

"안 돼. 지금의 네 아픔, 슬픔을 이겨낼 수 있을 때 그때 다시 데려다줄게."

"싫어요. 돌아가요. 엉엉! 데려다줘요!"

외수가 힘도 없이 가슴을 두들기는 반야의 작은 두 손을 잡았다.

"반야. 네 할아버지의 마지막 유언은 네가 행복해지길 바

라는 것이었어. 할아버지도 네가 무덤 옆에서 끝없이 아파하
는 걸 원치 않을 거야. 그러니……."

"싫어요! 싫다니까요! 엉엉엉, 어엉엉!"

반야의 앙탈. 외수는 더 이상 말을 잇지 않고 가만히 두 팔
로 그녀를 끌어안았다.

더욱 울음이 폭발한 반야였다. 외수 역시 속으로 흐느꼈
다.

'미안해, 반야. 이렇게 할 수밖에 없어서.'

第四章

매화검선 담사우

인간이 할 짓이 있고 못할 짓이 있는데,
그에게 그런 법은 없어. 참 천편일률적인 놈이지.

—그의 성격을 논하는 자들

"네놈은 도헌이 아니냐?"

뒤에서 들려온 목소리에 돌아본 백도헌이 기겁을 하고 벌떡 일어섰다.

'풍원(豊原)'이란 이름의 깃발을 내건 한적한 길가의 객잔. 백도헌은 도저히 지금은 화산으로 돌아갈 용기가 나지 않아 괜히 엉뚱한 곳을 떠돌며 애를 태우는 중이었다.

남궁세가에서의 수모, 치욕 때문에 매일같이 술로 울화를 누르고 있었고, 지금 이 순간도 객잔 한쪽을 차지하고 앉아 그러고 있던 중이었다.

한데 전혀 생각지도 못했던 인물이 느닷없이 나타나 자신을 알아본 것이다.

"사, 사사, 사숙조?"

호리호리한 체형.

담사우. 그는 현 화산 장문인의 스승이자 일대제자 중 서열 세 번째의 존장이고, 독특한 성격에 언제나 자유로이 바깥을 떠돌며 기행을 즐기는 인물이었다.

'화산검선(華山劍仙)'이란 별호가 말해주듯 화산검공의 분신과도 같단 그이지만 무림삼성이나 의천육왕처럼 직접적 활동이나 교류 따윈 않고 자기만의 세상을 사는 기인.

"네놈, 왜 그리 기겁을 하는 것이냐?"

팔순에 이른 나이에도 아직도 형형한 안광을 뿌리는 하늘 같은 그의 앞에 백도헌은 넙죽 엎드렸다.

"제자 백도헌, 사, 사숙조를 뵙습니다."

"일어나라!"

백도헌과 달리 누추한 차림에 얇은 행낭 하나와 검 한 자루를 두른 담사우가 백도헌이 일어난 자리에 앉으며 말했다.

"왜 네놈 혼자 여기서 청승을 떨고 있느냐? 무슨 대흰가 갔다고 들었는데? 인솔해 간 놈은 어디 있느냐?"

"문, 문여종 사백께선……?"

일어서긴 했으나 똑바로 쳐다보지도 못하는 백도헌.

쪼르르.

담사우가 백도헌이 마시던 술병을 들어 직접 술을 따르며 수상쩍단 눈초리로 흘겼다.

"무슨 일이라도 있었던 것이냐?"

"그, 그것이······!"

우물쭈물하던 백도헌이 어쩔 수 없이 다시 담사우 무릎 밑에 엎어졌다.

"용서하십시오, 사숙조!"

"흠!"

백도헌은 말하지 않을 수 없었다. 존장이 묻는데 어찌 입을 다물고 있을까. 그래서 억지로 눈물을 흘려가며 분하다는 듯 대회에서의 일을 까발려 놓기 시작했다.

"못난 놈! 전기 대회 우승을 했다는 놈이 제 얼굴에 먹칠을 한 것도 모자라 사문의 이름까지 똥통에 빠트렸구나."

"죽여주십시오, 사숙조!"

"꼴 보기 싫다! 일어나라!"

"사숙조!"

"네놈을 탓해 무엇 하랴. 네놈을 잘못 가르친 사문 스승들이 죄지. 쯧쯧! 그래서 이렇게 숨어 떠도는 것이냐?"

"그렇습니다. 제자 감히 낯을 들고 화산을 들 수가 없습니다."

"멍청한 놈! 이러면 누가 알아준다더냐? 잘못된 것은 참회하고 고치면 되는 것이다. 그것이 빠를수록 좋은 것이고. 사문을 더 창피하게 만들지 말고 돌아가 스스로 반성하고 더 깊이 수련하라."

"알겠습니다, 사숙조! 흑흑!"

눈물을 뚝뚝 흘려 보이는 백도헌. 그는 사문의 대존장 앞에서 정말 참회하는 것처럼 보였다.

"흠, 그나저나 그 궁외수라는 놈 흥미롭군. 우승을 했을 정도라면 분명 다른 뭔가 뛰어난 것이 있단 뜻인데, 어떤 녀석인지 보고 싶군."

감사우가 술잔을 입으로 가져가며 혼자 중얼거리자 백도헌이 벌떡 일어서 맞은편으로 앉으며 부정했다.

"아닙니다. 아무것도 없는 유치하고 치욕스런 놈입니다. 바닥을 뒹구는 건 물론이고 상대의 발을 밟고 머리로 들이받기까지 한다니까요."

"크크크큭, 그것참 들을수록 흥미가 당기는 놈일세. 운이 없었다고 생각하고 잊어버려라. 세상엔 괴짜들이 많은 법이다. 너만 당했다면 모를까 어쨌든 다른 녀석들까지 꺾고 우승했지 않았느냐. 녀석의 무력을 인정해! 그게 속 편할 테니."

"알… 겠습니다."

백도헌은 자기편을 들어주지 않는 담사우가 야속한지 시무룩하게 대답을 하고 말았다.

"사숙조, 또 정처 없이 떠돌 것입니까?"

"아니다. 네놈을 만난 김에 딴 데로 새지 않게 끌어다놓기도 할 겸 간만에 화산에 들러볼까 싶다."

"아!"

백도헌이 반색을 했다. 최고 존장 중 한 사람인 그와 함께라면 돌아가기가 편할 것 같아서였다. 분명 남궁세가에서 실추시킨 명예 때문에 처벌이 따를 것은 뻔할 터, 돌아가는 동안 최대한 담사우의 환심을 사서 자신에게 떨어질 처벌을 피하거나 완화시켜 볼 참이었다.

"사숙조, 제자가 한 잔 올리겠습니다."

*   *   *

"내려줘요."

"응? 왜?"

모처럼 입을 연 반야. 이젠 눈물조차 말라 버렸는지 포기한 모습.

"내려줘요."

반복된 그녀의 말에 외수는 얼른 눈치를 채고 바로 백설을 세운 다음 먼저 뛰어내려 그녀를 부축해 내렸다.

아니나 다를까, 혼자서 어디론가 조심조심 더듬어가는 모습.

외수가 백설의 고삐를 잡고 서서 지켜보다가 소리를 질렀다.

"오른쪽!"

움찔한 반야가 서둘러 오른쪽 숲 속으로 들어가 버렸다.

그녀가 보이지 않자 외수는 싱긋이 웃으며 행여 너무 멀리 가지 않을까 조심스레 귀를 기울였다.

반야는 한참 만에 다시 나왔다. 소릴 지른 탓에 꽤 깊이 들어갔었던 모양이었다.

외수는 시선을 피하려 고개를 돌리고 나오는 그녀에게로 백설을 데려가 가볍게 올려 앉히고 다시 출발했다.

멀리 보이는 마을. 외수는 다시 고민에 빠졌다. 배는 고픈데 돈이 없는 것이다. 사성관부로부터 받은 현상금은 물론이고 편가연이 준 돈도 비무 때문에 시시에게 맡겨 버려 한 푼도 지니고 있지 않았다.

꾸르륵거리는 뱃속. 그것은 앞에 앉은 반야도 마찬가지였다.

외수는 어쩔 수 없단 듯 마을 방향을 피해 다른 길로 말을 몰아가며 두 눈을 부릅뜨고 어디 뱀이나 토끼 따위가 띄지 않는지 주위를 두리번거렸다.

마침 너른 골짜기가 나타나자 외수는 말을 세우고 바로 내려섰다.

"반야, 내려와! 여기서 식사를 하고 가자고!"

반야가 식사라는 말에 어리둥절해 했지만 외수는 막무가내였다. 반억지로 그녀를 내려 너른 풀밭 위에 앉힌 외수는 주저 없이 산으로 향했다.

"잠깐만 기다려!"

적당히 산세가 진 골짜기. 이런 곳에 짐승이 많다는 것을 알고 있는 외수였고, 완만한 산을 타는 것이야 외수에겐 쉬운 일이었다.

한데 평소와 같이 산을 뛰어오르던 외수는 문득 자기 몸의 변화를 느끼고 잠시 멈추었다.

"어?"

너무나 가벼운 몸. 풀쩍풀쩍 뛰는 게 전과 달리 무척 가뿐했다.

"낭왕의 내력 때문인가?"

고개를 갸웃한 외수는 선 상태로 낭왕의 일원무극공 심결을 따라 기운을 다리 쪽으로 움직인 다음 발목에 힘을 주고 다시 뛰어보았다.

그런데.

휙!

"어엇?"

한 걸음 뛰려던 것이 갑자기 쏘아지듯 앞으로 튀어나갔다.

거기다 하필이면 앞을 막아선 굵은 나무.

쿵!

나무를 정면으로 들이받은 외수가 뒤로 벌렁 나자빠졌다가 아픈 것도 잊고 벌떡 일어났다.

"이게 뭐지? 무슨 조화야?"

놀랍고 당황스러워 머리를 긁적이는 외수. 하지만 바로 깨달아지는 게 있었다.

'내력을 사용한다는 게 이런 것인가?'

외수는 확신을 위해 다시 한 번 시도해 보기로 했다. 이번엔 앞에 방해물이 없는 곳으로 아예 방향을 잡았다.

"엽!"

내력을 모으고 다시 발을 굴렀다.

휘익!

전보다 더 빠르게 쏘아져 나가는 몸.

"어어, 어어?"

한걸음을 내디뎠을 뿐인데 육신은 스무 걸음 이상을 날아가 떨어졌다.

휘둥그레진 눈을 주체할 수 없는 외수. 웃음이 절로 터져 나왔다.

"아하하, 하하하! 허허허!"

실성한 인간처럼 웃던 외수는 이번엔 운기를 하지 않고 무릎을 굽혀 제자리에서 발을 굴러보았다.

"헉?"

어김없이 솟구치는 몸뚱이. 대략 삼 장 가까운 높이를 뛰어오른 듯했다.

"이, 이런 일이?"

다시 또 하나를 깨달은 외수. 내력이 한 번 전신을 휘돌면 그 기운이 그대로 남아 힘을 발휘하게 된다는 것.

신기하기도 하지만 어이도 없는 외수였다. 자신이 한 것은 아무것도 없었다. 고스란히 낭왕이 준 능력이었다.

낭왕의 말론 일원무극공을 온전히 운용할 수 있을 때 그가 심은 내력을 활용할 수 있을 것이라 했었다. 한데 아직 내공에 대해 이해조차 갖지 못한 상태에서 이런 능력이 발휘되는 것을 외수는 어떻게 받아들여야 되는 것인지 어리둥절하기만 했다.

외수가 고개를 갸웃대고 있는 그때, 소란 때문이었는지 먹을거리(?) 하나가 나무와 풀숲 뒤쪽에서 삐죽이 대가리를 내밀었다.

잘생긴(?) 멧돼지 한 마리였다.

녀석을 발견하자마자 사악한 미소를 머금는 외수. 바로 자기 얼굴만 한 돌멩이 하나를 주워 등 뒤로 감추곤 꼬드기듯 살금살금 다가갔다.

외수가 다가가자 멧돼지도 가만있지 않았다. 두어 번 푸릉거리더니 곧바로 외수를 향해 돌진해 왔다.

보통 인간이라면 멧돼지에 받쳐 죽을 수도 있는 일.

하지만 외수는 이런 식으로 무식하게 예전에 많이 잡았었다. 멧돼지가 달려올수록 좋았다.

번쩍 숨기고 있던 돌을 쳐드는 외수. 정통으로 이마빡을 찍어 머리통을 부숴놓을 작정이었다.

한데 그 순간 뒤쪽 수풀 속에서 꾸물꾸물 기어 나오는 또 다른 멧돼지들. 어미를 쫓는 새끼들이었다.

"어라?"

순간 망설이는 외수. 어미 멧돼지가 코앞에 이르러서야 몸을 날려 피했다 결국 돌을 내려치지 못한 외수는 또 힘 조절을 못해 엉뚱한 곳에 떨어져 아래로 굴렀다.

"이런!"

자잘한 나무들에 걸려 겨우 몸을 가눈 외수. 그러나 그 덕분에 다른 먹잇감이 나타났다.

푸드덕 날아오르는 꿩 두 마리. 외수는 민첩하게 작은 돌을 집어 던졌다.

퍽!

날아오른 꿩을 돌팔매로 잡는 기술. 정통으로 얻어맞은 한 마리가 깃털을 흩날리며 떨어졌다.

멧돼지였더라면 더 좋았겠지만 꿩도 나쁘지 않았다. 만족한 외수는 꿩을 집어 들고 반야가 있는 곳으로 내려와 손질을 하기 시작했다.

깃털을 뽑고 부러진 반쪽 칼로 배를 갈라 내장을 제거한 다음 불을 피워 굽는 외수. 백설의 등짐에 실려 있던 소금과 향신료를 가져다 뿌리며 제법 군침 도는 향기를 피워냈다.

"꿩이야. 먹어봐!"

잘 익은 부위를 뜯어 반야에게 건네는 외수.

배가 고팠던 그녀도 딴말 않고 받아 들었다.

"왜 사냥을 해서 먹죠? 마을이 없는 곳인가요?"

"아니! 마을은 있는데 돈이 없어!"

솔직한 외수.

그에게 눈을 둔 반야는 자기에게 돈이 있다고 말하려다가 말았다. 사실 반야는 수중에 지닌 것 말고도 많은 돈이 있었다. 평생 쓰고도 남을 만큼의 돈을 낭왕이 그녀를 위해 전장에 맡겨놓았고, 언제든 전장에 가서 전표를 주고 조금씩 찾아 쓰기만 하면 되는 돈이었다.

말없이 꿩고기를 뜯어 한 점씩 입으로 가져가는 반야. 바닥에 퍼질러 앉아 게걸스럽게 먹는 외수의 소리를 듣고 있다가 가만히 물음을 던졌다.

"어디로 가는 거죠?"

"영흥 극월세가!"

"……"

반야가 오물거리던 입을 멈추고 외수를 보았다.

"왜?"

"내가 가도 되는 건가요?"

"안 될 이유는?"

"……"

"당장은 거기 머물러야 돼! 그곳을 위협하는 것들이 사라질 때까지!"

"그런 다음엔 떠난다는 말인가요?"

"아마도 그래야 되겠지."

"무슨 말이죠? 편가연 가주와 혼인을 할 것 아닌가요?"

"혼인? 누가 그래?"

"정혼 관계라고 들었……."

"그렇긴 했지. 하지만 그건 과거의 일일 뿐이야."

"과거의 일이라뇨? 과거든 현재든 정해진 혼사 아닌가요?"

"……."

먹는 데만 열중하던 외수가 가만히 고개를 들었다.

"반야, 정해진 건 없어. 특히 사람의 관계라는 건 말이야. 과거 필요에 의해 약속이 만들어졌다고 해도 현재 당사자들의 마음이 훨씬 더 중요하지."

"그럼 현재는 서로가 마음이… 없단 뜻이에요?"

"글쎄? 편가연은 어떨지 모르지만 난 확실히 특별한 감정이 없어! 더 줄까?"

"아니요. 어떻게 그럴 수 있죠? 편가연 가주는 천하절색에, 상상을 초월하는 부자에, 거기다 만인의 사랑과 존경까지 안고 사는 여인이잖아요."

"후훗, 그러니까 말이야. 반야, 그런 엄청난 여인과 내가 어울린다고 생각해?"

"……?"

"아, 적당히 먹은 것 같으니까 배 좀 꺼지면 갈까?"

외수가 앉은 자리에서 벌러덩 뒤로 팔을 베고 누웠다.

반야가 그런 외수를 물끄러미 응시하다 조용히 일어났다. 기름이 묻은 손을 씻기 위해 물가로 가려는 것이었다.

그녀가 졸졸 물 흐르는 소리를 따라 걸어가자 외수가 벌떡 일어났다.

"어디 가?"

"손 좀 씻고 올게요."

"아니야! 기다려!"

아예 일어난 외수는 백설의 등에 실린 행낭에서 얼른 수건 한 장을 꺼내 물에 적셔왔다. 그리곤 반야를 원래 자리로 앉혀 놓고 수건을 내밀었다.

"자, 이걸로 닦아! 아니다. 내가 닦아줄 테니 가만있어!"

반야 앞에 한쪽 무릎을 꿇고 앉아 다짜고짜 손을 낚아채는 외수.

손을 빼지도 못한 반야가 어쩔 수 없이 맡기고 있자 외수는 손가락 사이사이 꼼꼼하게도 닦았다.

그런데 그게 다가 아니었다.

"어라, 얼굴에도 묻었잖아."

수건이 닿자 움찔한 반야.

"제, 제가 할게요."

"가만있어 봐. 기름이라 번지기만 해."

의외로 부드럽고 다정한 손길. 반야는 눈을 꼭 감은 채 꼼짝도 못 했다.

"됐어. 깨끗해졌네."

외수는 다시 손을 한 번 더 닦아주며 말했다.

"반야, 좋지? 지금부터 넌 내 동생이야."

정말 친동생을 보살피는 것 같은 손길. 반야가 발끈했다.

"싫어요!"

"응?"

"동생 안 해요!"

"그럼 뭐할 건데?

"아무것도……."

"후훗, 싫어도 할 수 없어. 낭왕과 약속했거든."

손을 다 닦은 외수가 일어나 수건을 빨기 위해 다시 물이 흐르는 곳으로 가버렸다.

남은 반야만 무릎 위 깨끗해진 두 손을 꼼지락거리고 있었다.

*　　　*　　　*

배도 꺼트릴 겸 백설에 반야만 올려 앉힌 채 밑에서 걷는 외수.

"음, 대충 방향은 맞게 온 것 같긴 한데 이제부턴 모르겠군."

골짜기를 벗어나 여러 갈래로 갈라진 길이 나오자 멀리 듬성듬성한 마을들을 보며 혼자 중얼거렸다.

"누군가 오니 물어보세요."

반야의 감각. 외수가 느끼지 못하는 부분까지 그녀의 감각은 어김이 없었다. 잠시 멈춰 서서 지켜보고 있자 정말 두 사람이 나타났다.

외수는 그들에게 다가가려다 우뚝 멈춰 섰다. 노소 두 사람 중 젊은 청년이 익숙한 얼굴이었기 때문이다.

백도헌.

그도 외수를 발견하고 멈칫했다.

"네놈이?"

인상부터 일그러지는 백도헌. 하지만 곧 음흉한 웃음으로 바뀌었다.

"원수는 외나무다리에서 만난다더니. 후후후."

"왜 그러느냐?"

담사우의 물음. 백도헌은 이게 웬 횡재냔 표정으로 급히 대답했다.

"사숙조, 그놈입니다."

"그놈?"

"예, 제게 굴욕을 안긴 그놈!"

"궁외수인가 하는 그놈?"

"그렇습니다. 바로 저놈입니다."

"오호!"

담사우의 눈초리가 외수에게 꽂히자 백도헌은 속으로 쾌재를 외쳤다. 사문의 존장이 제자가 당한 굴욕을 그냥 넘어갈 리 없다고 확신하기 때문이었다.

외수는 자신을 훑는 늙은이가 그러거나 말거나 자기 볼일만 봤다.

"안녕하시오. 영홍이 어느 방향이오?"

담사우가 씩 웃으며 팔을 들어 한쪽 방향을 가리켰다.

"고맙소."

바로 돌아서 백설을 끌고 가는 외수.

"네가 금번 후기지수 대회 우승자라고?"

바로 날아와 발목을 잡는 목소리에 외수가 돌아섰다.

"나에게 볼일이 있소?"

"도헌과 비무를 했다면서 왜 아는 척을 않느냐?"

살짝 인상이 일그러지는 외수.

외수는 그제야 노인을 제법 주의 깊게 보았다. 추레한 행색에 조금 말라 호리호리한 체형이긴 해도 눈매며 콧날이며 무척 강인한 인상을 풍기는 노인. 등 뒤로 장검을 대충 둘러멘 여유로운 자세였지만 무언가 위압감이 느껴지는 모습이었다.

"그래야 하는 것이오? 그도 그렇고 나도 그렇고 굳이 서로 반가운 사이도 아닌 것 같은데?"

"녀석, 깐깐하구나. 승자로서의 아량이 없어. 어쨌든 네 여러 조건들이 내 흥미를 잡아끈다. 극월세가 영애의 신랑감이란 것도 그렇고, 독특한 무위로 대회를 휩쓴 우승자란 것도 그렇고."

"그 흥미에 내가 응해야 하는 것이오?"

"크크큭, 녀석! 당최 예절을 모르는구나. 난 도헌의 사숙조인 담사우라고 한다. 화산파의 케케묵은 늙은이지. 대개 나 같은 오래된 늙은이가 너 같이 새파란 아이에게 관심을 보이면 잘나고 못나고를 떠나 그저 감사하며 응하는 게 예법이란다. 그게 존중의 자세지. 무림 아닌 일반 사회에서도 그래. 너처럼 뻣뻣이 굴면 누가 귀여워하겠느냐."

"영감, 죄송하오만 난 급히 영흥으로 가야 할 이유가 있는 몸이오. 다음 기회로 미룹시다."

외수가 다시 고삐를 채어갔다.

"갈!"

내질러진 담사우의 노성.

그 순간 백도헌은 기쁨을 주체하지 못했다. 무림 존장의 화를 표출하게 한 이상 궁외수가 꼼짝없이 그에 대한 대가를 치르게 될 것을 확신했다.

사실 백도헌은 말 위에 앉은 염반야를 확인하고 마음 한구석 찜찜함을 갖고 있었다. 그녀가 왜 궁외수와 동행하고 있는 것인지 의문이 아닐 수 없었지만 그녀의 존재로 인해 궁외수가 아무 일도 없이 빠져나가면 어떡하나 내심 걱정이 컸던 차였다.

하지만 이젠 빼지도 박지도 못할 상황.

원래 무림의 어린 후배들에게 너그러운 일면을 가진 담사우였으나 자신의 심기를 건드린 망나니에겐 혹독하리만치 냉혹하게 대하는 것이 그의 특성. 백도헌은 지금부터 펼쳐질 즐거움이 눈앞에 아른거렸다.

뒤통수를 때린 고함 때문에 인상을 굳힌 외수가 돌아보았다.

"왜 소릴 지르시오?"

"몰라서 묻는 것이냐? 감히 존장이 말하는데 등을 돌리는 놈이라니?"

"웃기는구려. 영감은 날 알지 몰라도 난 영감을 모르오. 단지 어른이란 이유만으로 바쁜 걸음을 억지로 세우고 있어야 하오?"

"뭐? 웃겨?"

"그렇지 않소? 전혀 반갑지 않은 당신네 제자를 왜 아는 체 않느냔 물음부터 개인사까지 들먹이며 붙잡고 있지 않소. 도대체 뭐가 궁금한 것이오? 젊은 애들은 무조건 늙은이의 흥미에 맞춰 놀아줘야 하는 법이라도 있소?"

"예의라고 하지 않았더냐?"

"예의? 그런 건 당신을 받드는 당신네 제자들에게나 가서 찾으시오. 엄한 길바닥 위에서 찾지 말고."

외수가 더 이상 말 섞고 싶지 않다는 듯 다시 걸음을 재촉
했다.

기가 막혀 어안마저 벙벙한 담사우였다. 자신 앞에서 이렇
게 당돌하고 당당한 인간을 처음 본 탓이다.

"그놈 참. 볼수록 되바라진 놈이라고."

담사우가 넋을 빼고 있자 백도헌이 다급히 부추기고 나섰
다.

"사숙조, 제가 말씀드렸지 않습니까. 바랄 것이 없는 놈이
라니까요. 예의는 고사하고 행하는 모든 짓이 치졸하기 짝이
없는······?"

백도헌이 움찔 말을 끊었다. 담사우의 섬뜩한 눈초리가 노
려보았기 때문이었다.

찔끔거리며 물러나는 백도헌.

"게 서라!"

다시 외수를 불러 세우는 담사우.

"좋다! 인정하마! 네 말대로 내가 엉뚱한 시비를 걸었다 치
자! 그렇다면 네놈은 더더욱 그냥 가선 안 되지! 칼을 뽑아 재
주를 보여라!"

"참 할 일 없는 영감이로군."

날카롭게 신경이 선 외수였다.

"원하는 게 뭐요? 당신네 제자가 당한 수모를 대신 앙갚음

하겠다는 거요?"

"뭐 그렇게 생각해도 좋고!"

"말했듯이 난 무척 바쁘오. 그리고 기분도 몹시 좋지 않은 상태고. 굳이 그리해야겠소?"

"그렇다. 네놈을 겪으니 더더욱 어떤 놈인지 확인을 해야겠단 생각이 강해진다."

"젠장!"

외수가 땅바닥에 대고 탄식을 했다. 계속 이렇게 꼬이는 자신의 재수가 못마땅한 탓이다.

잠시 고개를 떨어뜨리고 있던 외수는 두말하지 않았다. 백설을 한쪽 구석으로 몰아가선 반야를 올려다보며 손을 뻗었다.

"아무래도 좀 더 쉬었다 가야겠어. 내려와!"

반야도 아무 말 하지 않고 외수가 시키는 대로 말에서 내려왔다. 백도헌의 존재야 그의 음성으로 이미 파악을 했지만 담사우라는 인물에 대해선 아는 바가 없었다.

반야는 기분이 점점 우울해졌다. 담사우란 늙은이를 향해 한마디 하고 싶은 것도 참는 중이었고, 할아버지가 있었다면 이런 일에 처해지지도 않았을 것이란 생각 때문에 고통스러웠다.

반야를 길가에 앉힌 외수가 너덜거리는 장포 속 칼 손잡이를 움켜쥐고 돌아섰다.

"시작하시오. 바라는 게 무엇이든 응해주겠소."

거침없이 걸어오는 외수.

담사우가 피식 웃음을 지었다.

"역시 예상대로 주저함이 없구나. 맘에 든다."

"내가 영감 맘에 들려고 이러는 것 같소?"

"나에 대해 들어본 적이 있느냐?"

"없소!"

"그럴 테지. 그러니… 후훗! 누구에게나 그리 거침이 없느냐?"

"아니오. 시비를 거는 자에게만 그렇소."

"푸하하핫! 역시! 좋아, 오늘 나를 만난 기념으로 좋은 가르침을 내려주마!"

담사우가 손을 뒤로 돌려 검을 뽑아 올렸다.

스르릉!

외수도 그에 맞춰 칼을 뽑아 들었다.

"엥? 그게 뭐냐? 그 칼 말이다."

"부러진 칼이잖소."

"그 부러진 칼로 날 상대하겠단 것이냐?"

휘둥그레진 담사우의 눈.

"별수 있소? 부러진 걸 어쩌겠소."

인상을 쓰고 노려보던 담사우가 김이 샜다는 듯 바로 검을 집어넣었다. 위신 문제인 것이다.

"안 되겠다. 난 다른 걸로 대신하마!"

담사우가 길가에 떨어진 나무 꼬챙이를 향해 손을 뻗었다. 그러자 꼬챙이는 쑥 딸려와 쥐어졌다.

회초리보다 조금 굵은 정도일 뿐인 꼬챙이. 그걸로도 충분하다는 듯 담사우는 미소를 띠었다.

"이걸로 하겠다."

보고 있던 외수도 주위를 두리번거리다 바로 칼을 집어넣었다. 그리곤 성큼성큼 걸어가 땅에 박힌 막대기 하나를 뽑아 들었다.

칼 길이 정도 되는 적당한 두께의 막대기였는데 담사우가 든 꼬챙이에 비하면 몽둥이 수준쯤 되는 막대기였다.

"그걸로 하겠느냐?"

"그렇소!"

"후후, 그래, 이제 구색이 맞군. 좋다. 어디 보자, 올 후기지수 대회 우승자의 재주가 어떤지! 단, 명심해라. 이런 꼬챙이에도 죽을 수 있다는 것을!"

"당신 역시 명심하시오. 내가 지금 기분이 몹시 언짢다는 걸!"

"건방진 놈!"

다가서는 담사우.

사실 담사우에게 지금까지 외수가 보인 안하무인 오만방자한 태도는 아무런 문제가 아니었다. 그는 오로지 외수가 지닌 무위와 괴상하다는 싸움 방식에만 관심이 있었다. 과연 백도헌의 말처럼 형편없는 놈인지, 아니면 드러나지 않은 기재를 숨긴 놈인지.

외수는 마음이 착잡했다. 연이은 싸움으로 인해 몸도 엉망인데 또 엉뚱한 싸움을 하게 된 것이다. 거기다 낭왕을 자기 손으로 묻고 오는 길. 쓸데없는 싸움을 강요당한 기분을 추스를 수 없었다.

치미는 화. 외수는 상대가 화산파의 명숙이든 말든 쓸어버리고 싶었다.

퍽!

차올려지는 흙더미.

"엇?"

담사우가 안면을 덮치는 흙더미를 가볍게 경력을 일으켜 날려 버렸다.

그렇게 외수의 공격은 발밑 흙을 차올리는 것으로 시작되었다. 비록 담사우의 손짓 한 번에 아무런 효과도 거두지 못하고 무위로 끝났지만 그 손짓을 이끌어낸 것만으로 외수는 만족했다.

백도헌이 기다렸다는 듯이 고함을 질렀다.

"보십시오, 사숙조! 그런 놈이라니까요!"

들은 척도 하지 않는 담사우. 오히려 신경 거슬린단 듯 인상을 썼다.

휘익! 탁! 타타탁!

선제공격을 해간 외수. 외수의 막대기는 담사우의 꼬챙이에 다 막혔다. 분명 낭창대는 꼬챙이가 분명했지만 부딪칠 때는 칼만큼이나 단단한 담사우의 꼬챙이였다.

이어지는 격돌. 문득 담사우가 소리쳤다.

"누가 너에게 무공을 가르친 것이냐?"

"이 상황에 그런 것이 왜 중요하오?"

"대답해라, 이놈!"

"알 것 없소!"

입을 닫아버리는 외수.

담사우는 외수의 무공을 이해하지 못하고 있었다. 팔방풍우 따위의 초급 무공 초식을 가지고 엄청난 위력을 발휘하고 있었기 때문이다.

틀림없었다. 분명한 초급 무공 범주 내의 기초적인 초식들이었다.

담사우는 빠르고 거칠게, 그리고 다소 위협적으로 다른 초식을 유도했다.

하지만 변화가 없었다. 여전히 팔방풍우, 직도황룡, 횡소천군 따위를 변형한 초식들.

'이런 놈이? 놀라운 놈이로고… 이런 기초적인 초식들을 가지고 이같이 놀라운 변화를 보이다니?'

놀라움을 금치 못하는 담사우.

담사우는 임기응변하듯 전개되는 외수의 변화가 보통 예사로운 게 아니라서 바짝 신경을 곤두세웠다. 잘못하면 자신이 당할 수도 있을 것 같은 느낌을 부정할 수 없을 정도였다.

담사우가 그런 마음을 갖는 데는 여러 이유가 있었다. 팔방풍우 등 초급 무공에 붙여진 살이 결코 예사롭지 않을뿐더러 놀랍도록 빠른 신체적 감각, 그리고 타고난 듯한 힘 역시 굉장했다.

대단한 자질.

비록 꼬챙이에 지나지 않지만 자신의 손에 들린 이상 검이나 다름없는 것을 궁외수는 전혀 아무렇지 않게 받아치고 있지 않은가.

담사우는 더 확인을 하고 싶었다. 지금까지 자신이 만난 기재 중 최고의 재목. 강렬하게 몰아쳐 갔다.

휘익! 타타탁!

외수는 갈수록 화가 치밀었다. 엉뚱한 싸움을 하게 된 것도 그렇고 고작 사손의 화풀이를 하려고 나이 처먹은 인간이 나서서 자신을 몰아친다는 게 감정을 격화시켰다.

상식적으론 이길 수 없는 상대. 흙이나 돌 따위 편법도 통하지 않는 상대.

퍼퍼퍽!

연속으로 세 번이나 담사우의 꼬챙이가 전신을 두들겼다. 꼬챙이지만 몽둥이가 두들기는 것 같은 위력.

외수는 웅크린 채 허겁지겁 물러났다. 하필이면 부상 중인 왼쪽 어깨와 팔에 타격이 가해져 고통이 더했다.

"이놈, 고작 그 따위로 우승했더냐? 괴상하다는 그 재주를 부려 보아라!"

통증을 참으려 이를 악물고 담사우를 노려보는 외수. 분노가 끓어오르는 몸뚱이에 팔을 잡고 웅크린 채로 빠르게 낭왕이 가르쳐 준 운공법을 시행했다.

"우욱!"

싸움 중에 처음 해보는 시도. 격해진 감정 때문에 뭔가 뒤틀리는 느낌이 있었지만 폭발할 듯한 기운이 전신으로 퍼지는 것을 느낄 수 있었다.

펄럭이는 옷자락과 장포.

외수를 보는 담사우의 눈초리가 날카로워졌다. 내력 운용으로 인한 공력이 분출될 때 일어나는 현상.

뒤쪽 백도헌의 눈도 휘둥그레졌다. 자신이 알던 궁외수가 아니었기 때문이다. 거기다 저러한 공력 발산 현상은 자기보다 더 높은 수위의 내공을 운용한단 뜻이었다.

'저놈이?'

대회 내내 숨기고 있었던 것인가? 자기가 상대한 궁외수는 내력이라곤 전혀 갖지 못한 상태라 확신했는데 지금 보니 완벽히 숨기고 있었던 것이 확실하지 않은가. 백도헌은 더러운 기분을 감출 수 없었다. 완전히 농락당한 기분.

'음흉한 놈! 그처럼 감쪽같이 감추고 있었다니!'

백도헌은 이참에 담사우 사숙조가 놈을 콱 죽여 버렸으면 하는 생각이 간절했다.

눈에 핏대가 솟은 외수가 다시 움직였다.

휘익!

조절이 되지 않는 몸. 적당히 힘을 준다고 발을 굴렀을 뿐인데 아까보다 몇 배나 더 빠르게 신형이 쏘아져 나갔다.

오히려 담사우를 지나쳐 버리는 신형. 균형마저 잃어 휘청거렸다.

외수도 담사우도 황당했다. 담사우가 맘먹고 받아치거나 반격했다면 되레 더 위험할 수도 있었던 상황이었다.

"젠장!"

외수는 내공을 이용한 운신도 수련이 필요하다는 걸 이 순간에 깨달았다.

하는 수 없이 외수는 급격히 덮쳐 가는 운신을 그만두고 천천히 다가섰다.

"뭐냐, 네놈의 그 공력은?"

어리둥절해하는 담사우의 물음에 외수는 대답하지 않았다. 대신 몽둥이(?)를 휘둘렀다.

휘익! 딱!

"어쿠!"

어처구니없게도 담사우의 머리통을 정통으로 가격하는 외

수의 막대기.

담사우가 꼬챙이로 막았으나 그의 꼬챙이는 꼬챙이에 지나지 않았다. 외수의 힘이 그의 공력을 이긴 것이었다.

담사우가 당황한 채 이번엔 먼저 허겁지겁 물러났다.

벌겋게 변한 이마빡. 그보다도 그의 얼굴이 더 시뻘겠다.

"이게 무슨?"

믿지 못하겠단 얼굴. 담사우는 전력으로 공력을 끌어올렸다.

휘익!

다가선 외수가 다시 한 번 막대기를 휘둘렀다.

직도황룡의 변형. 허점이 빤히 보이는 궁외수의 초식을 대응 못할 담사우가 아니었다. 걷어내고 빈틈을 찌르면 그만이었다. 한데 걷어내려 맞대응하는 순간 다시 이마빡에 별이 번쩍였다.

빠악!

휘두른 꼬챙이가 제 역할을 못하고 다시 꺾여 버린 것이었다.

담사우는 또 황급히 물러섰으나 궁외수의 막대기가 놓치지 않고 따라붙었다.

빠악! 빠악! 퍽! 퍽!

머리통뿐 아니라 어깨, 옆구리, 등짝까지 두들기는 막대기.

어쩔 수 없이 담사우는 땅바닥을 뒹굴어 피했다.

담사우보다 백도헌이 더 경악했다. 얻어맞은 것은 고사하고 바닥을 뒹구는 굴욕이라니.

정신을 차리지 못하는 담사우. 일생에 처음 겪는 일이었다.

"이런 일이?"

담사우가 부러진 꼬챙이를 들고 바들바들 떨었다.

쓰룽!

결국 꼬챙이를 던지고 검을 뽑아 드는 담사우. 위신이고 뭐고 없었다.

다가서는 외수도 부러진 칼을 뽑았다.

카캉! 쾅!

다시 이어지는 접전. 담사우가 다시 밀리는 일은 발생하지 않았다. 하지만 외수를 압도하지도 못했다.

카카캉! 캉캉!

백도헌은 눈알이 튀어나올 지경이었다. 매화검선 담사우 사숙조와 대등하게 싸우는 것은 물론 도리어 곤란하게 만드는 인간이라니. 보고 있는 자신이 다리가 후들거릴 정도였다.

"도대체 저놈은 정체가?"

불길한 예감에 사로잡히는 백도헌.

그리고 그 예감은 어긋남이 없었다.

퍼퍽! 퍽퍽!

다시 담사우의 육신에서 먼지 터는 소리가 났다. 궁외수의 막대기가 또다시 빠르고 날카로운 담사우의 검식을 뚫고 가격을 시작한 것이었다.

믿을 수 없는 광경.

궁외수는 부러진 반 토막 칼을 너무도 적절히 사용했다. 무식할 정도로 밀고 들어가는 데도 담사우의 검은 그 칼을 뚫어내지 못했다. 모든 검식이 그 짧은 칼에 막히는 순간 궁외수의 오른손의 막대기는 너무도 자유로이 담사우의 육신을 유린했다.

"커헉! 헙!"

타격당할 때마다 토해지는 헛숨. 어디 부러지거나 깨져 피가 나는 것은 아니지만 담사우의 꼴은 점점 비참해져 갔다.

이마엔 바짝 독 오른 혹들이 솟아 있었고, 가격당한 왼쪽 다리는 절뚝대고 있었다.

한 번 얻어맞고 정신이 혼미해지자 담사우는 속절없이 타격을 허용했다.

퍼퍽! 딱! 딱!

보기도 안쓰러울 정도인 담사우.

백도헌은 이 믿기지 않는 광경을 두고 자기도 모르게 슬금슬금 물러났다. 공포감이 몰려드는 탓이다. 사숙조를 떡 주무르듯 할 수 있는 인간이 어찌 두렵지 않으랴.

정녕 믿을 수 없는 결과였다. 아무리 괴물이라고 해도 있을 수 없는 일이 일어나고 있는 것이었다.

퍼억! 빠악!

소름이 끼칠 정도로 터져 울리는 두 번의 타격성.

백도헌의 눈에 비틀대는 담사우가 보였다. 그리고 몇 걸음 물러서다 맥없이 픽 고꾸라졌다.

정신을 차리고 일어나려 안간힘을 쓰는 담사우의 모습은 처절하기 그지없었다.

그런데 백도헌의 눈이 뒤집히는 일이 벌어졌다.

발버둥을 치는 그를 물끄러미 보고 섰던 궁외수가 다시 몽둥이를 들어 내려쳐 버린 것이었다.

빠악!

그 순간 백도헌은 넋을 놓았다. 먼지 나는 맨땅에 완전히 뻗어버린 사숙조 담사우. 백도헌도 그와 함께 주저앉고 말았다.

돌려지는 궁외수의 눈.

백도헌은 외수가 자신을 쏘아보자 사지를 달달 떨었다.

그런데 외수가 그를 향해 성큼성큼 다가섰다.

"저리 가라, 이놈! 오지 마!"

백도헌이 악을 쓰며 주저앉은 채로 뒷걸음질을 쳤다.

"내가 누군지 아느냐? 대화산파의 제자다! 화산파의 제자를 건드리면 어찌 되는지 모르느냐? 저리가!"

겁에 질린 백도헌의 고함이 통할까. 이미 매화검선 담사우까지 두들긴 마당에.

빡!

뒤통수에 작렬하는 외수의 막대기.

머릴 처박고 엎어진 백도헌이 눈깔이 뒤집어진 채 게거품을 걀걀거렸다.

"이것으로 나와의 악연은 끝내자!"

비로소 막대기를 내려놓은 외수. 반 토막 칼만 허리에 수습하며 돌아섰다.

반야가 일어서 있었다. 긴장했었는지 손에 땀을 쥔 그녀.

외수는 아무 일도 없었다는 듯 곧바로 그녀를 올려 앉히고 담사우가 가르쳐 준 방향으로 백설을 몰아갔다.

현 화산파 장문인의 스승이자 최고 존장 중의 한 사람, 매화검선 담사우를 떡을 쳐버린 사건.

궁외수는 이 일이 나중에 어떤 파장을 미칠지 그딴 것은 아예 머릿속에 두지도 않았다.

第五章

기다리는 이들

제가 찾아갔을 때 그 빌어먹을… 큼, 죄송합니다. 찾아갔을 때 그 개 같은 새… 죄송합니다, 죄송합니다. 흠흠! 다시 시작하겠습니다.

—대회의장에서 궁외수에 대한 보고를 하던
무림맹 문상

극월세가 정문 앞.

비상이 걸려 세가에 소속된 사람들조차 출입이 자유롭지 못한 상황.

그런데 그런 극월세가 정문에서 한 사람이 고래고래 소리를 지르며 소란을 벌이고 있었다.

"이봐, 나 궁외수 친구라니까! 지금 당신들 실수하는 거야? 안에 확인해 보면 되잖아!"

"이보시오. 몇 번을 말해야 하오. 지금 궁외수 공자께선 세가 안에 안 계신다고 하지 않소."

"그러니까 어딜 갔고 언제 돌아오는 거냐고?"

"거참 답답한 양반이네. 그걸 알면 우리가 왜 이러고 있겠소. 당신 같이 귀찮은 사람을 두고."

"그럼 내원의 시시 소저라도 불러주시오. 사실은 그녀를 만나는 게 더 중요한 일이오."

"말 같지도 않은 소리! 그녀 역시 궁외수 공자께서 돌아오실 때까지 가주님 옆에서 한시도 떨어질 수 없는 상황이오. 돌아가시오! 갔다 나중에 다시 오시오!"

"아, 정말 그놈의 궁외수, 궁외수! 무슨 일인지 몰라도 내가 그 인간 대신 지켜준다니까!"

"당신이 누군데? 그러니까 신분을 밝히란 말이오!"

"밝히면 감당할 자신은 있고?"

시건방진 청년의 말에 정문 위장이 어깨와 눈에 힘을 주며 말했다.

"나 극월세가 정문 수문장 태대복이오!"

"풋! 대단하시구랴."

"신분을 밝힐 것이 아니라면 꺼지시오!"

"뭐얏?"

청년이 발끈했다. 하지만 부들부들 떨 뿐 스스로 정체를 밝히지 못했다.

신출귀몰 도둑놈 귀수비면 송일비. 그가 정체를 밝히지 못하는 이유였다.

지금까지 정문에 가로막혀 이러지도 저러지도 못하고 있

던 송일비는 확 그냥 자신의 정체를 말하려다가 말았다. 천의 얼굴을 가진 자신이 이런 오합지졸들에게까지 신분이 노출되는 건 마음에 들지 않아서였다.

'이걸 그냥 확 몰래 숨어 들어가 버려?'

극월세가 높은 담벼락을 올려다보며 인상을 쓰는 송일비. 하지만 이내 고개를 저었다.

'아니지. 그건 나의 사랑 시시 소저가 있는 곳에서 할 일이 아니지. 암, 그렇고말고!'

혼자 지지고 볶고 다하는 송일비. 그는 결국 포기하기로 마음을 먹고 극월세가 위장 태대복을 향해 인상을 긁었다.

"좋아! 기다리지! 저기 보이는 객잔에 있을 테니까 궁외수 그 인간 오면 즉시 알리기나 해!"

송일비는 나름 위협적으로 윽박질렀지만 정문 위장 태대복은 눈도 깜짝하지 않았다.

"흥!"

콧방귀를 날리고 바로 맞은편 객잔을 향해 가는 송일비.

화평객잔.

그런데 객잔 앞에 도착한 송일비는 거기서도 들어가지 못하고 걸음을 멈추어야 했다.

"뭐야 이거?"

바글대는 사람들. 발 디딜 틈도 없을 정도였다.

"이거 왜 이래? 안에 물난리라도 났어?"

서로 안쪽을 보려고 복작대는 사람들. 입구에 틈이 없자 객잔 창 쪽에 붙어서 안을 들여다보는 군상들도 있었다.

"무슨 일이야? 왜들 이래?"

송일비가 밖에 나와서 난처해하고 있는 객잔 점원에게 묻자 점원이 엉뚱하게 묘한 웃음부터 흘렸다.

"흐흐흐, 손님! 저희 객잔에 드실 건가요?"

"그래, 며칠 묵을 생각이야."

"하하하, 그렇습니까. 그럼 잘 결정하신 겁니다요. 지금 저희 객잔에 양귀비만큼이나 아름다운 천하의 미인이 묵고 계시거든요."

"뭐? 양귀비?"

"예! 그래서 다들 서로 보려고 저 난리들입죠. 흐흐흐!"

"……?"

"뭐 물론 우리 편가연 아가씨만큼은 아닐지 몰라도 어쨌든 그에 빠지지 않는 대단한 미인입니다요."

마치 자기 여자인 것처럼 좋아하는 점원.

송일비는 의심스런 눈초리로 점원을 째려보다가 사람들이 몰린 객관으로 눈을 돌렸다. 천하의 미인을 겪어본 자신이 아닌가. 점원의 호들갑 따위에 흔들릴 자신이 아니었다.

"묵을 방은 있어?"

"예, 당연히 있습니다요. 드시죠. 안내하겠습니다."

점원이 앞장서 구경꾼들을 헤쳤다.

송일비가 그의 뒤를 따르며 의구심 가득한 눈을 했다. 도대체 얼마나 대단한 미인이 머물고 있기에 이 난리들인가 싶어 콧방귀를 껴주고 싶었다.

"비키세요, 비키세요. 손님 들어갑니다!"

혼자 흥이 난 점원.

그를 따르던 송일비가 안으로 들어서자마자 걸음을 우뚝 멈췄다.

사람들의 시선이 몰려 있는 그곳.

따뜻한 김이 모락모락 피어오르는 차 한 잔을 앞에 두고 물 끄러미 창밖에 눈을 고정하고 있는 여인.

큰 키에 쭉 빠진 몸매, 크고 깊은 눈, 오뚝한 콧날, 긴 목에 반짝이는 입술.

송일비가 멈춰선 채 눈을 거두지 못했다.

"히히. 어떻습니까요, 손님? 눈알이 뱅글뱅글 빠질 듯하죠?"

"음······!"

자기도 모르게 신음을 흘리고 마는 송일비.

그때 여인이 송일비의 시선을 느꼈는지 창밖 극월세가 정문을 향해 꼼짝도 않던 고개를 천천히 돌렸다.

여기저기서 터지는 감탄.

송일비의 눈도 아찔했다. 정면으로 마주본 그녀는 가히 영혼을 울릴 만한 미인이었다.

눈을 마주한 채 거두지 않는 여인. 왠지 기가 눌리는 느낌
에 송일비가 먼저 딴청을 부렸다.

"험험, 식사부터 하겠다. 술도 가져오고!"

"예예, 손님! 저쪽으로 앉으십시오."

사람들로 바글대는 자리. 그중 비어 있는 자리로 점원이 안
내했는데 하필이면 여인과 멀지 않게 마주볼 수 있는 정면 자
리였다.

슬쩍 다시 여인을 본 송일비는 그녀의 눈이 아직도 자신에
게 있음을 확인하고 얼른 시선을 떨어뜨렸다.

"목이 마르니까 물부터 가져와!"

"예예, 알겠습니다."

점원이 물을 가지러 달려가고 그제야 여인의 시선은 송일
비에게서 떨어져 다시 창밖으로 향했다.

자리에 앉은 송일비는 스스로 이상해했다. 전에는 이런 적
이 없었다. 가슴이 뛰고 부끄럽고.

마치 죄 지은 것처럼 정면으로 마주볼 수 없는 여인이 있다
는 게 이해가 되지 않았다.

다시 여인을 힐끔거리는 송일비. 아무리 봐도 매혹적인 여
인이었다.

'음, 안 돼! 내겐 시시 소저뿐이야. 참자!'

제 버릇 개 못 준다고 자꾸만 엉덩이가 들썩거리는 송일비

였다. 말을 붙여보고 싶은 욕구. 미인을 보면 그냥 지나치지 못하는 호색한. 하지만 송일비는 마음을 쏙 빼앗은 시시를 생각하며 인내하고 또 인내했다.

*　　　*　　　*

작은 마을이었다.

외수가 말에서 내려 걷기 시작하자 오는 동안 한마디도 하지 않던 반야가 입을 열었다.

"만두… 먹고 싶어요."

"응?"

갑작스런 말에 외수가 멀뚱해하며 올려다보자 반야가 한쪽으로 손을 뻗었다.

그녀가 가리킨 곳. 쭈그렁 할멈이 앉아 만두를 파는 노점이 정확히 있었다.

뒷머리를 긁으며 난처해하는 외수.

"반야, 저기… 사실은 돈이 없어."

반야가 그 말이 나올 줄 알고 있었다는 듯 허리춤에서 전낭을 꺼내 내밀었다.

"엉?"

"먹을 것이 없는 곳에 머물지 모르니까 다른 것도 준비하세요."

"그, 그래. 알았어. 쓰는 돈은 세가로 돌아가서 줄게."

전낭을 받은 외수는 백설을 만두 파는 곳으로 이끌었다.

"두 개만 주시오."

할멈이 찜통 속에서 만두를 꺼내는 동안 외수는 힐끔 반야를 올려다보았다. 표정은 아직 풀리지 않았지만 다행히 슬픔을 조금씩 덜어가는 듯해 흡족했다.

만두를 받은 외수는 바로 반야에게 올려주었다.

"자, 먼저 먹어!"

받아들고 조금씩 떼어 입으로 가져가는 그녀.

외수는 미소를 지은 채 가만히 보다가 노숙에 대비해 이것저것 먹을 것들을 사러 다녔다.

그런데 만두를 먹던 반야가 뜻밖의 말을 던졌다.

"술!"

돌아보는 외수.

"술도 사세요."

"……?"

외수는 아무 말 하지 않았다. 그저 묵묵히 주점을 찾아 그녀가 원하는 것을 샀다.

예상대로 산길이 이어지고 있었다. 외수는 어둠이 깔려오는 먼 산등성이를 바라보며 백설을 세웠다.

"음, 여기서 쉬어야 할 것 같군. 날도 저물고 백설도 지쳤어."

반야가 들으라 한 말이지만 대답은 없었다.

묵묵한 반야를 안아 내리고 숲 속 공터에 쉴 자리를 만드는 외수.

"백설이란 이름 당신이 지은 건가요?"

등 뒤를 지키고 선 반야의 물음에 외수가 돌아보고 빙긋이 웃었다.

"후훗, 아니야. 시시가 지었어. 백설도 시시의 말이야."

"⋯⋯."

반야가 대꾸가 없자 외수가 혼자 떠들었다.

"그게 궁금했어? 후후, 그리고 여긴 호랑이 같은 거 없으니까 그런 것도 걱정하지 마!"

"무슨 말이죠? 왜 내가 호랑이를 걱정할 것이라고 생각하는 거죠?"

"하하, 전에 시시랑 노숙할 때가 생각나서 말이야. 그때 노루 울음소릴 듣고 호랑이 아니냐며 무척 무서워했었거든."

"홍, 난 그런 것 무서워하는 겁쟁이가 아니에요."

"알아, 알아! 혹시나 무섭다고 시시처럼 달려 들까 봐 그냥 해보는 말이야. 흐훗! 자, 이리와 앉아. 불 피워줄게."

서둘러 땔감을 주워온 외수가 모닥불을 지폈다.

불을 피우자 더욱 빠르게 눌러오는 어둠.

"이거 먹어. 아까 산 것들이야."

외수는 만두와 과일을 싼 보자기를 반야의 무릎 위에 펼쳐 주었다.

"술부터 주세요."

"응?"

"술부터 달라고요."

손을 내민 반야.

"반… 야?"

"잠이 안 올 것 같아서 그래요. 걱정 말고 주세요."

어쩔 수 없었다. 외수는 다른 보자기에서 술병을 꺼내 그녀의 손의 들려주었다.

벌컥벌컥.

마치 술꾼처럼 거침없이 마시는 반야. 인상을 쓰는 것으로 보아 독한 것을 억지로 참고 마시는 중이었다.

외수는 그대로 내버려 두면 안 될 것 같아 손을 뻗었다.

"혼자 마실 거야?"

술병을 들고 마치 보이는 것처럼 외수의 내민 손을 빤히 노려보는 그녀. 다시 몇 모금을 마신 뒤 술병을 건넸다.

쭈욱.

외수는 긴 호흡으로 천천히 술을 들이켰다.

그러나 입을 떼자 다시 내밀어지는 반야의 손,

"그만 마시고 주세요."

다시 건너간 술병은 반야의 손을 떠나지 않았다.

눈을 감고 연이어 술을 목으로 넘기는 그녀.

외수는 그녀의 목을 타고 한 방울 눈물이 굴러 떨어지는 것을 보았다.

고개를 숙이는 외수. 다시 심장이 먹먹해지기 시작했다.

"궁 공자님."

"응?"

취기가 올라 벌건 얼굴의 반야.

"당신은 할아버지가 제게 주신 선물이에요."

"……."

"나를 위해 강제로 떠맡겨진 선물."

"상관… 없어."

"그런데 어쩌죠. 난 상관있어요."

"……."

"전 공자님을… 사랑해요."

"……?"

치떠지는 외수의 눈.

"놀라셨나요? 하지만 사실이에요. 영원히 말 안 하려고 했는데, 히히. 나쁜 아이죠? 혼인할 사람이 있는 사람을 좋아하다니."

"반야……?"

"그래서 말씀드리는 거예요. 저는 공자님을 힘들게 하는 것 싫어요. 물론 내가 누군가에게 억지로 떠맡겨지는 것도 싫고요. 그것이 내가 사랑하는 사람이라면 더욱더."

"……."

"저에 대한 의무감 같은 것 같지 말아요. 전 할아버지께서 돌아가신 게 공자님 때문이라 생각하지 않아요. 절 책임질 생각 같은 건 버려요. 나는 공자님뿐 아니라 누구에게나 거치적거리는 존재일 뿐이거든요. 보성의 할머니께로 가겠어요. 충분히 생각하고 내린 결정이에요. 그곳엔 저를 보살펴 줄 많은 사람들이 있어요. 오늘이 지나면 거기로 데려다주세요."

마지막 말까지 애써 웃음을 지어보인 반야는 고개를 숙인 채 들지 않았다.

외수는 그녀가 눈물을 흘리고 있다는 걸 알고 있었다.

일어서는 외수. 그리고 한 걸음 다가서 반야가 두 손으로 쥐고 있는 무릎 위 술병을 낚아채듯 빼앗아 들었다.

꿀꺽꿀꺽.

고개를 젖혀 들이붓는 술.

반야의 낮고 애처로운 목소리가 젖혀진 목을 타고 올라왔다.

"미안해요."

외수가 비어버린 술병을 집어던졌다.

파삭. 어둠 속으로 날아가 깨지는 술병.

"반야! 뭐가 미안하다는 거야?"

높아진 외수의 음성. 반야는 고개를 들지 않고 무릎 위 만두만 꼭 움켜쥐고 있었다.

"네 할아버지 낭왕의 부탁이었고 약속이었어. 네 할아버진 날 대신해 돌아가셨어. 너를 포함한 자신의 모든 것을 내게 남기고… 부정하지 마. 그건 나도 죽이는 것과 같아!"

"흑흑!"

소리 내어 흐느끼는 반야.

"난 네 할아버지가 숨을 거두는 그 순간에 맹세했어. 그건 돌이킬 수 없는 일이야. 네 할아버지의 요구가 아니었어도 난 반드시 그러겠다고 했을 거야. 보성의 할머니께로 가고 싶다면 같이 가. 나도 거기 있을 테니."

"공자님은 할 일이 있잖아요. 극월세가를 지켜야 하고, 또 편가연 가주와도……."

"틀렸어, 반야! 다른 무엇보다도 낭왕과의 약속이 더 크고 무거워! 무조건 네가 우선이야. 난 그날 죽었고, 네 할아버지 낭왕이 내 몸에 살아 있는 것이라 생각하니까."

"공자님, 흑흑!"

"반야, 부탁할게. 제발 날 비참하게 만들지 마. 내가 낭왕의 유언을 지키지 못하는 건 이 자리에서 죽으라는 소리와 다름없어."

"흑흑, 알겠어요. 미안해요. 엉엉엉!"

두 손으로 얼굴을 감싸 쥐고 엎드려 우는 반야.

외수는 그녀를 다독이지 못했다. 그냥 아픈 마음으로 내려다볼 뿐.

*　　*　　*

아침햇살이 눈을 찔렀다.

귀를 간질이는 산새 소리.

"음, 독한 술이었군."

머리를 흔들며 일어난 외수. 반야의 잠자리를 본 그가 주위를 두리번거렸다.

"어디 갔지? 또 쉬야 하러 갔나? 음!"

외수는 지끈거리는 머리를 쥐고 일어나 조심스레 반야의 기척을 찾아보았다.

그때 아래쪽 비탈진 곳에서 그녀가 자신의 행낭을 메고 더듬거리며 올라오고 있었다.

말쑥한 얼굴. 새로 갈아입은 옷.

"어딜 갔다 오는 거야?"

외수는 얼른 달려가 그녀의 손을 잡아 이끌어주었다.

"호호, 세상모르고 자더군요. 원래 잠에 취하면 그래요? 호랑이가 옆의 사람을 물고 가도 모르겠던데요."

싱긋이 웃는 반야. 보기가 좋았다.

"호랑이 없다고 했잖아."

"나 사라지는 것 몰랐잖아요. 지켜준다고 해놓곤."

"아, 미안!"

"됐어요. 준비 다 했으니까 가요."

"어딜?"

"어디긴요. 약속을 중시하시는 공자님의 극월세가죠. 가서 지켜줘야죠."

"그, 그래! 아니 잠깐만!"

"왜요?"

"잠깐 운기행공을 했으면 해. 골이 지끈거려서."

"그러세요."

반야가 돌을 찾아 가만히 앉았다.

외수도 그 자리에 앉아 바로 운기에 돌입했다.

츠츠츠츠……

약 일 각. 짧은 시간이었음에도 외수의 몸에 아지랑이 같은 기체가 피어났다.

외수는 머리가 맑아지자 모았던 손을 천천히 풀었다.

고개를 갸웃거리며 외수의 움직임에 집중해 있던 반야가 물었다.

"할아버지의 일원무극공이죠?"

"응."

"도움이 되나요?"

"후훗, 도움이 되냐고? 내가 담사우란 늙은이를 어떻게 이 겼게? 낭왕이 남긴 일원무극공이 없었다면 거기 뻗어 있는 사 람은 나였을걸."

"그래요? 그렇게 빨리 운용이 가능한가요? 할아버지 말론 일반인이 일원무극공을 운용하려면 수십 년은 걸릴 거라고 하던데?"

"그래?"

"대단한 재능인가 보네요. 공자님은."

"후후, 그런가?"

"어머?"

외수가 겨드랑이를 잡고 아기처럼 달랑 들어 올리자 반야가 깜짝 놀랐다.

"네가 이렇게 원래 모습을 찾으니 기분이 좋군. 이제 영홍이 얼마 안 남은 것 같으니 서둘러 출발해 보자고."

"아하하, 간지러워요. 내려주세요, 아하하!"

외수는 간지러워하는 반야를 백설에 태우고 바로 함께 올라 앉아 출발했다.

*   *   *

화평객잔 주인은 찢어지는 입을 주체할 수가 없었다.

어느 날 갑자기 날아든 봉황 한 마리. 날아가지도 않고 몇 날 며칠 자리를 잡고 지켜주니 몰려드는 손님들로 인해 연일 대박이었다.

밤이 깊어지면 객실로 올라가 잠자리에 드는 것 외엔 항상 같은 자리.

"아가씨, 차가 식은 듯해 새로 내어왔습니다."

객잔 주인은 직접 그녀 앞에 차를 내려놓았다. 마음 같아서는 차뿐 아니라 금덩이라도 내어주고 싶은 그였다.

하지만 힐긋 쳐다보곤 다시 창밖 극월세가 정문만 응시하는 그녀.

객잔 주인은 그래도 불만이 없었다. 그저 황송하다는 듯 만면에 웃음을 머금고 조용히 물러나기만 할뿐.

천하의 도둑놈 귀수비면 송일비도 어김없이 창가 쪽 한 자리를 차지하고 나와 앉아 있었다.

그도 여인과 마찬가지로 창밖을 내다보고 있었지만 표정이 달랐다.

"아 젠장, 도대체 이 인간은 어딜 갔기에 안 나타나는 거야?"

짜증이 돋은 송일비. 활동적인 그에게는 한곳에 머물며 누군가를 기다린다는 게 여간 조바심 나는 일이 아닌 탓이다.

송일비는 자신과 같은 행동을 반복하고 있는 여인을 힐긋 보았다. 의문투성이. 자신과 달리 누구를 기다리는 것 같진 않았다. 그저 물끄러미 밖을 내다보고 있을 뿐, 짜증을 내거나 어딜 나갔다오거나 하지도 않았다.

변화라곤 느낄 수 없이 평온한 모습.

'흠, 심심한데 말이라도 걸어볼까?'

송일비는 생각만 하고 그만두었다. 왠지 말을 걸었다가 매몰차게 창피만 당할 것 같은 분위기였기 때문이다.

'휴, 천하의 풍류객 송일비가 왜 이리 됐지? 미인을 앞에 두고도 소심하게 굴다니.'

"젠장, 그나저나 언제까지 기다려야 하는 거야? 그냥 확 담을 넘어버려?"

송일비는 정말 그럴 것처럼 극월세가 담벼락을 째려보았다.

"아니다. 참자, 참아! 내 사랑 시시 소저를 위하여."

혼자서 이랬다저랬다 결국 아무것도 못하고 땅이 꺼지도록 한숨만 내뿜는 그였다.

*   *   *

같은 시각.

"아가씨! 아가씨!"

설순평이 편가연의 방을 향해 미친 듯이 계단을 뛰어올랐다.

너무도 다급한 그의 목소리에 이 층 방 안에 있던 편가연과 시시가 놀란 얼굴로 마주 뛰어나왔다.

"왜 그러세요, 대총관님?"

"아이고, 헉헉!"

노구에 얼마나 다급히 뛰었는지 말조차 못할 정도로 숨이
차오른 설순평.

"고, 공자님께서 오십니다."

"예?"

"공, 공자님께서 돌아오신다고요. 헥헥!"

"정말요? 어디요, 어디?"

편가연과 시시가 동시에 이 층 난간으로 달려가 아래층과
바깥을 내려다보았다.

"조금 전에 후문으로 들어오셨습니다."

"틀림없나요? 틀림없이 궁외수 공자님이던가요?"

"예, 아가씨! 제 눈으로 똑똑히 확인했습니다. 하하하!"

"아아!"

쓰러질 듯 휘청거리는 편가연.

시시가 얼른 부축을 했다.

"아가씨 정신 차리셔요."

"그래, 내가 이러면 안 되지. 그를 봐야 해. 내가 직접!"

편가연이 체면도 잊고 아래층으로 내달리기 시작했다. 시
시 역시 마찬가지였다.

미친 듯이 달려 내려가는 두 여인.

설순평도 따라 뛰었지만 이미 지친 그가 팔팔한 두 여자를
쫓아가긴 힘든 일이었다.

허옇게 상기된 얼굴의 편가연과 시시. 울음이 터질 것 같은

그녀들의 얼굴이 그동안의 기다림이 얼마나 길고 간절했는지 말해주고 있었다.

드디어, 비로소 눈앞에 나타난 외수.

"공자님?"

틀림없었다. 틀림없는 그가 말을 끌고 걸어오고 있었다.

외수가 마당까지 뛰어나온 두 여인을 보고 씨익 웃었다.

"후훗, 다행히 둘 다 살았군. 중간에 또 공격받았으면 어떡하나 했는데."

"공자님, 무사하셨군요."

"돌아온다고 했잖아."

"그런데 왜 이제 오셨어요? 다치셨었어요?"

"음, 그랬지! 나 없는 동안 별다른 일 없었지? 보아하니 그동안 방 안에만 갇혀 있었던 모양이군. 안색들이 파리해!"

"공자님, 지금 그런 말이 나와요? 흑흑!"

눈물을 짓는 편가연과 시시.

"어이어이, 왜 울어? 사람 멀뚱해지게."

"죄송해요. 흑흑!"

"하하, 그만하고, 일단 좀 씻어야 할 것 같으니 그동안 먹을 것이나 좀 준비해 주겠어?"

"알겠어요. 어서……."

편가연은 외수가 말 위로 손을 뻗는 것을 보고서야 말 위에 누가 있다는 것을 알았다.

"······?"

"알지? 염반야!"

반야를 안아 내리는 외수.

"네. 그런데 어떻게······?"

"얘기는 천천히 하고 우선 별채로 가서 씻고 나올게. 급히 오느라 제대로 먹지도 못했으니 식사부터 준비해 줘."

"네, 알겠어요."

편가연이 어리둥절한 상태로 대답했다.

외수는 지체 없이 반야의 손을 잡고 별채로 향했다.

어떻게 된 일인지 알 수 없는 편가연과 시시. 잠시 그대로 두 사람을 보고 서 있다가 서둘러 본채로 움직여 갔다.

"궁 공자님, 어서 오세요. 돌아오셨군요."

외수가 별채로 들어서자 줄지어 있던 별채 시종과 시녀들이 인사를 했다.

"반야, 여기가 내가 머물던 곳이야."

"머물던 곳이요?"

"후훗, 그래. 머물렀던 곳이지. 이제 다시 머물러야 되는 곳이기도 하고."

외수는 쫓겨나던 그때 일이 생각나 혼자 웃음을 머금었다.

반야는 무슨 말인지 몰랐지만 그가 이끄는 대로 따라 움직였다.

"여기가 내가 쓰던 방이고, 바로 옆방을 네가 사용하게 될 거야. 그리고 욕실은 저쪽!"

외수는 반야의 손을 잡고 직접 별채 안 구조와 각 방의 위치를 일일이 짚어주었다.

"보다시피 널 도와줄 분들이 많은 곳이니까 내가 없을 땐 혼자 다니지 말고 그들을 부르도록 해."

"네."

"그럼 먼저 씻고 나와! 난 내 방에서 짐 정리하고 있을게. 이분들이 도와줄 거야."

외수가 시녀들에게 눈짓을 하며 반야의 행낭을 그녀들에게 건넸다.

"반야 아가씨, 저 아시죠? 사월이라고 합니다. 이쪽으로 모실게요."

남궁세가에서 반야를 대한 적이 있는 사월이가 앞서서 그녀를 안내했다.

*   *   *

편가연이 직접 분주히 움직이며 준비되어 내어져 오는 음식들을 점검하고 챙겼다.

날아갈 듯한 그녀였다. 너무 오랫동안 소식이 없어 거의 죽었다고 포기하는 마음을 갖던 순간이었다. 그런데 그가 꿈같이 나타나 주었으니 그 기쁨을 어찌 말로 다할까.

"시시, 뭐해? 어서 공자님께서 좋아하시는 것들 챙기지 않고?"

편가연이 멀거니 엉뚱한 곳을 보고 서 있는 시시를 다그쳤다.

"아가씨, 느낌이 이상해요. 아까 공자님의 표정도 그렇고."

"무엇이?"

"혹시 낭왕께서 잘못된 것이 아닐까요?"

"낭왕?"

"네. 반야 아가씨를 데리고 온 게 이상하잖아요. 왜 그녀만……?"

"시시, 말씀해 주시겠지. 불길한 상상하지 마. 좋은 일로 같이 왔을 수도 있잖아."

"……."

편가연의 말에 시시는 입을 닫았지만 외수를 따라 별채로 가던 반야의 어두운 표정이 계속 마음에 걸렸다.

"공자님 오십니다."

식당 입구를 지키고 있던 설순평이 먼저 달려 들어왔다.

반야를 데리고 안으로 들어오는 궁외수.

"홋, 오랜만이군. 여기도……."

"어서 오세요, 염 소저! 이쪽으로 앉아요."

편가연이 직접 반야를 챙겨 이끌었다. 낭왕의 도움이 없었다면 어찌 되었을지 모를 상황이었기에 그녀를 은인이나 다름없이 대하는 편가연이었다. 물론 그게 아니더라도 낭왕과 보성염가 염설희 가주의 핏줄인 그녀는 귀빈일 수밖에 없었다.

편가연이 반야를 앉히자 외수도 그 옆으로 앉았다.

"푸짐하군."

"많이 드세요. 필요한 것은 말씀하시고요."

"그래, 일단 먹자고."

외수가 아무 말도 없이 식사부터 시작하자 편가연과 시시는 조용히 기다렸다. 이렇게 살아 돌아와 준 것만으로도 한없이 기쁜 그녀들이었다.

"음, 궁금하지? 반야가 왜 같이 왔는지?"

식사가 마무리되자 외수가 넌지시 입을 열었다.

"그날 낭왕께서 돌아가셨어."

"네에?"

소스라치게 놀라는 편가연.

"지금부터 나와 지낼 거야. 최대한 그녀의 편의를 부탁해!"

"어, 어떻게 그런 일이?"

"나를 구하려다가 적의 암수에 당하셨어. 임종 전 그녀를 내게 부탁했고, 그녀는 내 목숨과도 같아."

놀라서 정신까지 멍한 편가연과 시시가 반야를 보았다.

고개를 숙이고 있는 반야.

"신세를 지겠습니다."

"반야 아가씨?"

편가연도 시시도 눈물이 맺혀 올랐다. 부모를 먼저 잃은 그녀가 유일하게 돌봐주던 할아버지마저 잃었으니 그 슬픔이야 오죽 클까. 억지로 인내하고 있는 그녀를 보며 아픈 마음을 추스를 길 없는 두 사람이었다.

"반야 아가씨, 미안합니다. 저희들 때문에……."

편가연이 일어나 그녀에게로 이동해 살포시 무릎을 꿇고 앉아 두 손을 잡아갔다.

"할아버지가 아니었다면 그때 우린 모두 죽었을 거예요. 감사해요. 이 큰 아픔에 어떻게 위로를 드려야 할지."

"괜찮아요, 편 가주님! 공자님께서 많은 위로를 주고 계세요."

"아무런 부담 없이 지내세요. 자매처럼 모실게요."

"감사합니다."

외수가 보고 있다가 분위기를 돌렸다.

"위사들은 어떻게 됐어?"

"돌아가신 분들의 보상에 대한 것만 처리했어요."

"담 호위장은?"

"오래 걸리겠지만 회복 중이에요."

"음, 호위 체계를 바꿔야겠어. 보강도 해야겠고. 내 뜻대로 해도 되지?"

"네. 당연합니다."

"적은 강한데 위사들이 너무 약해. 그쪽 관련자들을 모두 불러줘."

편가연은 바로 총관에게 지시를 했다.

"내외 경호 관련 수장들을 별관으로 모이도록 연락하세요."

"예, 아가씨!"

외수가 일어서며 고개를 저었다.

"아니! 별채로 오라고 해줘. 거기서 기다릴 테니."

외수가 반야를 데리고 움직이자 편가연과 시시가 바로 따라 별채로 이동했다.

빠른 시간 안에 약 사십 명의 각 구획별 책임자들과 업무 담당자들이 별채로 몰려들었다.

거실에 앉아 기다리고 있던 외수가 일어나 그들을 맞았다.

"다들 어서 오시오."

"공자님, 무사히 돌아오셔서 기쁩니다."

모인 이들 중 가장 직위가 높은 내외원 경호 총책임자가 대표로 인사를 했다.

외수가 그와 눈을 마주한 후 모두를 둘러보며 말했다.

"오늘부터 극월세가의 경계 경호 인력과 업무 수행에 대한 모든 사항을 바꾸고 싶소. 조직 개편은 물론이고 인력 보강,

능력 강화가 목적이고, 적에 대한 인식 변화도 필요하오."

조직 개편이란 말에 모인 이들 속에서 작은 웅성거림이 들린 듯했다.

외수는 개의치 않고 말을 이었다.

"우선은 출중한 무인들이 필요하니 당장 무인 모집 공고부터 내거시오. 능력자 위주의 특별 대우를 보장한다 하시오. 내가 직접 그들을 판단할 것이고, 여러분도 추천할 만한 사람이 있으면 적극 추천하길 바라오. 그들이 보강되면 그 후에 전체적인 개편과 모든 위사들에 대한 특별 수련을 실시하겠소."

특별 수련이란 말에 또 웅성거렸다.

"이상이오!"

말을 끝내는 외수. 그러나 통지 형식으로 요지만 간략하게 알린 탓인지 모인 자들이 어쩔 줄 몰라 하며 움직이지 않았다.

그러자 시시, 반야와 함께 마주 앉아 있던 편가연이 일어났다.

"그만들 나가서 공자님 말씀대로 시행하세요."

"알겠습니다, 아가씨!"

그제야 움직이는 자들. 그런데 한 사람이 남아 궁외수 앞에 읊조렸다.

"궁 공자님!"

정문 위장 태대복이었다.

"왜 그러시오?"

"며칠 전부터 공자님을 찾는 사람이 있었습니다."

"날 찾는 사람?"

"예. 각자 따로 온 두 사람인데 그중 한 사람은 시시를 불러달라 떼를 쓰기도 했었습니다."

태 위장의 말에 편가연이 눈을 껌뻑였다.

"시시를요?"

"예, 아가씨! 누군지 신분을 밝히라 해도 밝히지 않았습니다."

편가연도 시시도 의아하단 표정을 했다.

하지만 외수는 씨익 웃었다.

"또 한 사람은 누굽니까?"

"여인이더군요. 그녀가 먼저 왔는데 대단한 미인이었습니다."

"미인?"

"예. 임풍양류(臨風楊柳)형의 미인인데 그녀의 등장으로 정문 앞이 난리도 아니었습니다."

듣고 있던 시시가 입을 실룩대며 편가연 대신 한마디를 쏘았다.

"흥, 바람둥이!"

그 바람에 뒤에 앉은 반야가 웃음을 참지 못하고 킥킥댔다.

엉뚱한 오해를 받은 외수.

"뭔 소리야? 그들은 어디 있소?"

"화평객잔에서 기다리겠다고 했습니다."

"지금도 있소?"

"그렇습니다. 공자님 오시면 바로 알려 달라 했는데 통지할까요?"

"아니오. 내가 직접 갈 테니 놔두시오."

"알겠습니다. 그럼 물러가겠습니다."

"수고하시오."

"예, 공자님!"

태대복이 기분 좋게 미소를 짓고 물러갔다.

"공자님, 누구죠?"

시시가 바로 묻고 나섰다.

"누구겠어?"

"예?"

"나와 널 동시에 찾는다면 오매불망 너에게 목을 매는 그 도둑놈 말고 누가 있어?"

"에에?"

"뭐가 에에야? 나가서 맞이하지 않고."

"싫어요!"

"왜 싫어? 전엔 나보고 그가 다시 나타나면 인정해 주고 잘 대하라며?"

"그래도 싫어요. 전 그 사람 감당할 자신 없어요. 너무 노골적이라 부담스럽단 말에요."

토라진 척 돌아서 버리는 시시.

"후후, 알았어. 내가 가서 살살 다루라고 말해줄게."

밖으로 나가는 외수.

"공자님?"

울상을 한 시시가 황급히 따라붙어 붙잡았다.

"하하, 농담이야. 나 좀 나갔다 올게. 기다려!"

편가연이 물었다.

"그들에게 가시려고요?"

"아니! 그 도둑놈 녀석, 기다리라고 하지 뭐."

"여인은?"

"글쎄? 누군지 모르지만 지금은 그들을 만날 시간이 없네."

"그럼 어딜……?"

"대장간! 칼이 이래서 말이야."

외수가 허리춤에서 칼을 풀어 한쪽 구석으로 던졌다.

칼집을 빠져나온 부러진 칼.

"반야, 기다려!"

"네, 다녀오세요."

반야의 대답을 확인한 외수가 밖으로 나가자 시시가 얼른 편가연에게 눈짓을 했다. 따라가도 되겠냔 뜻이었다.

편가연이 고개를 끄덕여 허락하자 시시는 서둘러 외수를 쫄래쫄래 따라나섰다.

*　　　*　　　*

  "왜 따라와?"

  "아가씨 몰래 그 미인 만나나 감시하려고요."

  "뭐?"

  삐죽 혀를 내미는 시시. 걱정했던 외수가 살아 돌아와 너무나 기쁜 그녀의 속마음이었다.

  "그런데 정말 누구지?"

  "혹시 공자님께서 구해줬던 귀살문의 문주 곽영지 소저가 아닐까요?"

  "그녀가 정문 위장이 난리도 아니었다고 표현할 정도의 미녀였어?"

  "그건 아닌가? 그럼 누구지?"

  "뭘 고민해? 나중에 확인해 보면 알게 될걸."

  "하여튼 우리 아가씨 두고 딴 맘 품으면 안 돼요!"

  "아, 네!"

  외수는 잔소리 늘어놓을까 봐 아예 말문을 막아버렸다.

第六章

누구라고?

그건 정말 기적과 같은 순간이었어.

핏빛으로 분노한 그가 먼저 칼을 거두다니, 세상에 그런 일도
있더군.

—오랫동안 그의 삶을 지켜본 노인

부스럭 부스럭.

도검장인 사하공 이석은 자신의 죽림 안으로 걸어오는 궁외수를 노려보며 인상을 썼다.

"젠장, 재수 옴 붙은 날이군. 꼴 보기 싫은 인간들만 죄다 줄줄이 나타나니."

"나 말고 또 영감을 찾아온 사람들이 있소?"

"시끄럽고, 왜 여기 나타난 것이냐?"

"영감과 입씨름이 하고 싶어서 왔소."

"뭐야?"

"후후후, 잘 계셨소? 시뻘겋게 취해계신 건 여전하구려."

"그래, 잘 있었다. 네놈 없는 시간 동안 아주 편했지. 제발 다시 사라져 주라. 네놈 땜에 내가 제명도 못 살고 죽겠다."

"웃고 삽시다. 그렇게 인상 쓰며 야박하게 구니 명이 더 짧아지잖소."

"어디 가서 능청만 늘어 왔구나. 왜 온 건지나 말하고 꺼져!"

"왜 왔겠소. 이곳이 날 잡아끄니 왔잖소."

"뭐야?"

"후후후! 혼자 마시는 술, 무슨 맛에 먹소? 같이 마십시다."

외수가 대뜸 성큼성큼 신형을 옮겨 탁자 앞에 마주 앉았다.

"자, 한 잔 올리겠소."

"어린놈아! 내 술 갖고 생색내지 마라!"

"알겠소. 오늘은 도착한 날이라 그냥 왔지만 내일부턴 매일 한 단지씩 들고 오겠소."

"내일부턴?"

"그렇소. 매일 오겠단 뜻이오."

"이놈이?"

사하공이 최대한 인상을 구겼다.

그러나 외수는 능청을 더 보탰다.

"뭐 이제 할 일도 없고, 영감 술 수발이나 들며 지낼 생각이오. 괜찮은 생각 같지 않소? 흐흐훗!"

한껏 약을 올린 외수는 보란 듯이 술 단지를 입으로 가져가

벌컥벌컥 마셔댔다.

술까지 뺏기곤 완전히 벌레 씹은 표정이 된 사하공.

"캬, 독하기만 하고 싸구려 술인 모양이구려. 걱정 마시오. 내일부턴 무조건 최고의 술로 대접할 테니. 자, 받으시오!"

거듭 내일을 강조하며 신경을 긁어놓는 외수다.

"치워라, 이놈! 아무리 그래봐야 소용없다!"

외수가 술 단지를 내려놓고 얼굴을 들이밀었다.

"영감! 부정 마시오. 아무리 속이려 해도 난 여기 내 칼이 있을 걸 알고 있소."

"뭐, 뭣?"

사하공은 외수가 변한 걸 느낄 수 있었다. 전에 없던 자신감. 능청도 거기에서 비롯된 것일 터였다.

"왜 놀라시오. 내가 알고 있다는 사실이 두렵소? 그러지 말고 타협합시다. 어차피 그 칼이 아니어도 다른 칼이 쥐어지지 않겠소? 영감 말대로 내 손이 정녕 피를 부를 손이라면 이왕이면 악마가 만든 칼보다 좋은 뜻을 고집하는 영감의 칼이 낫지 않겠소?"

"이놈이 말만 늘어 왔구나."

외수가 벌떡 일어나 웃통을 까 젖혔다.

훌륭한 몸. 그러나 엉망진창인 상태.

"보시오! 이 많은 상처 중에 내가 누군가의 피를 먼저 부르기 위해 얻어진 상처가 있어 보이오?"

"음……."

사하공이 답답한 신음을 참지 못했다. 어린놈이 얻은 상흔이라고 하기엔 너무나 크고 많은 부상의 흔적들. 목, 어깨, 가슴팍, 옆구리… 거기다 아직 낫지 않은 상처도 많았다.

"물론 많은 피를 보았소. 하지만 결코 내가 부른 피가 아니오. 난 누군가를 지키려 했을 뿐!"

"치워라! 보기 싫다! 누가 네놈 몸뚱이 보자고 했느냐!"

악을 쓰며 고개를 돌리는 사하공.

외수는 천천히 옷매무새를 바로 했다.

"꺼져!"

"내일 다시 오겠소!"

외수는 두말없이 돌아서 사하공의 죽림을 빠져나갔다.

잠시 후 초옥 이쪽저쪽에서 슬금슬금 나타나는 인영들. 멋쩍은 표정들을 한 무림삼성과 털레털레 쫓아 나오는 주미기였다.

고통스러운 듯 고개를 숙인 채 꼼짝도 않는 사하공.

구대통이 헛기침을 하며 혼자 너스레를 떨었다.

"험험, 고놈 참 말재주까지 좋아졌군."

"말재주만 좋아진 겁니까?"

받아치는 사하공.

"뭐?"

"왜 모른 척하시오. 내가 보기엔 공력까지 좋아진 것 같은데?"

"험험, 뭐 우리도 지금 알아보고 놀랐다. 녀석이 낭왕의 내공심서를 획득했는데 오는 동안 그걸 익힌 듯해!"

"그게 오는 동안 익혀지는 거요?"

거듭되는 반박.

구대통이 열을 토했다.

"그럼 뭘 어떻게 해석하라고! 낭왕이 직접 내공을 줬을 리도 없잖아?"

"틀렸소! 녀석은 낭왕의 내공을 전수받았소!"

"뭐?"

"녀석이 흘린 기운은 분명 일원무극신공의 기운이었고, 아무리 뛰어난 악마라 해도 그 같이 짧은 시간에 지닐 수 있는 수위가 아니었소. 그건 절대 불가능한 일! 그럼 답은 하나뿐이잖소. 낭왕이 줬다는 결론밖에."

"그럴 리가 없다!"

버럭 소리를 지르는 구대통.

"후훗, 확신하듯 말씀하시는구려. 그럼 달리 설명할 길이 있소? 확인하고도 진실을 부정하려 애쓰는 모습, 보기 안 좋구려. 무림의 대존장답지 않소."

사하공이 일어나 초옥으로 들어가 버렸다.

"저 인간 뭐야? 혹시 놈에게 설득당한 거야?"

구대통이 초옥을 보며 투덜거리자 명원신니가 답했다.

"아마도 그런 것 같군요. 설득까진 아니더라도 마음이 흔들리는 것 같아요."

그때 미기가 웃어댔다.

"키키킥, 낭왕의 공력이라. 점점 재미있어지는군. 이제 우리 노인네들 어쩔까나? 크크킄, 큭큭!"

"야, 명원아! 안 되겠다. 저거부터 파묻어야겠다!"

구대통이 벼락같이 미기를 덮쳤다.

"아, 알았어! 안 그럴게! 잘못했어요."

구대통의 손에 잡혀 대롱대롱 매달린 미기가 두 손을 싹싹 비벼댔다.

묘한 미소를 띤 채 외수가 죽림을 빠져나오자 기다리던 시시가 궁금해하며 물었다.

"처음 있는 일이네요. 웃고 나오는 건. 좋은 일이 있었나요?"

"후후, 시시! 내일부터 좋은 술을 한 병씩 준비해 줘!"

"술이요?"

"그래, 죽림의 저 영감을 꼬드기려면 그게 필요할 것 같아."

"호호, 알겠어요."

＊　　　＊　　　＊

똑똑.

반야의 방문을 두드린 외수는 안에서 대꾸가 없자 슬그머니 문을 열어 보았다.

커다란 침대 위에 잠들어 있는 그녀.

시시가 뒤에서 조심스레 물었다.

"자요?"

끄덕.

외수는 다시 문을 닫고 자신의 방으로 향했다.

시시와 편가연이 따라 들어오는 바람에 외수는 두 여자에게 한동안 들볶여야 했다. 다친 곳을 다시 치료하고, 각종 질문에 대답해야 하고. 제법 어둠이 깊어졌을 때쯤 쉬겠다고 말한 다음에야 외수는 혼자가 될 수 있었다.

침대 위에 올라앉아 낭왕의 일원무극공을 운기하는 외수. 한 번, 두 번, 세 번… 재미가 들린 듯 시간 가는 줄도 모르고 거듭해서 주천(周天)을 행하는 그였다.

온몸이 식었다 뜨거워지기를 수차례. 넓은 방 안에 열기가 가득할 때쯤 외수가 문득 가만히 눈을 떴다.

옆방의 문이 열리는 소리가 났기 때문이었다.

외수는 운기행공을 멈추고 조용히 침대에서 내려와 문밖을 확인했다.

잠에서 깬 반야가 혼자 거실에 나와 창가 의자에 몸을 묻고 있었다.

꼼지락거리는 손. 창으로 쏟아져 내리는 달빛을 느끼는 중인 모양이었다.

외수는 외로워 보이는 그녀를 향해 거침없이 문을 열고 나섰다.

"뭐해?"

"공자님!"

깜짝 놀라는 반야.

"안 주무셨어요?"

"응, 수련을 하고 있었어."

"죄송해요. 저 때문에 방해받으셨군요."

"천만에. 그것보다 우리 심심한데 달밤의 산책 그런 거나 한 번 해볼까?"

"네? 지금 시간이……?"

"말 그대로 달밤이지 뭐. 이리와!"

외수가 반야의 손을 잡아끌었다.

"여긴 엄청나게 넓은 곳인데 넌 아무것도 모르잖아. 나가서 돌아다녀 보자고."

달빛이 가득한 마당으로 나서자 밤공기가 신선했다.

반야가 기척을 느끼는 듯 주위를 두리번거렸다.

"사람들이 있는 것 같아요."

"후훗, 맞아. 여기 본채를 지키는 위사들이야. 곳곳에 있지."

"우리 때문에 신경 쓰일 텐데."

"아무래도 그렇겠지? 그럼 저들이 없는 곳으로 가자!"

외수는 너른 정원과 커다란 연못, 그리고 화려한 정자가 있는 곳으로 반야를 이끌었다.

"여긴 어때?"

"꽃향기와 물 냄새가 나는군요."

"흐훗, 어김이 없군. 여긴 극월세가의 가장 큰 정원과 연못이 있는 곳이야. 내가 처음 이곳에 왔을 때 이걸 보고 눈이 빠지는 줄 알았지."

"호호, 그 정도예요?"

"응. 당시 내 생각의 범주에선 아예 존재할 수도 없는 규모였거든."

"와!"

즐거워하는 반야를 보며 외수는 그녀를 구름다리와 정자, 그리고 꽃길을 걸었다.

"고마워요, 공자님!"

"응?"

"여기 일도 바쁠 텐데, 나 때문에 이렇게 시간도 뺏기고. 내일부턴 그러지 않으셔도 돼요. 절 제쳐 두고 일 보셔요."

"무슨 소리! 네가 우선이라고 했잖아."

"안 돼요. 그럼 여기 사람들한테 공자님도 저도 미움받을 거예요. 그러니 여기 있는 동안은 여기 사람들과의 약속을 우선하세요."

"……."

"이제 그만 들어가요. 이러다 날 밝겠어요."

"그래."

외수는 반야의 미소를 보며 그녀에 대한 마음의 부담을 한결 덜고 있었다.

*　　　*　　　*

"뭐야, 왜 저리 소란해?"

화평객잔에 죽치고 있는 송일비가 사람들로 웅성대는 극월세가 정문 쪽을 수상하단 듯 쳐다보며 묻자 지나가던 점원이 싱긋이 웃으며 대답했다.

"위사 모집 공고가 붙었다네요."

"위사 모집?"

"예. 걱정입니다. 최근 화가 많은 극월세가잖습니까. 이번에도 편가연 아가씨를 수행해 나갔던 위사들이 태반이 죽어 돌아왔읍죠."

"그… 랬어?"

"예, 이번 모집엔 좀 실력 있는 고수들이 응했으면 좋겠단 생각뿐입니다."

"흠……."

"공자께서도 무인 같은데 무위가 출중하시다면 한 번 응모해 보시죠?"

"뭐얏? 내가 위사 따위 할 사람으로 보여? 저리가!"

"죄, 죄송합니다."

송일비의 느닷없는 고함에 찔끔한 점원이 부리나케 물러 났다.

"에혀, 우리 시시 소저 고생이 많겠네. 모시는 주인이 저런 처지니. 쯧쯧!"

턱을 괴고 안타까워 죽겠다는 듯 한숨을 푹푹 내쉬는 송일 비.

그가 그러고 있을 때 객잔 안 손님들이 일제히 탄성을 터트 렸다.

그 바람에 송일비도 고개를 들고 돌아보았다.

그녀. 지금까지 한 자리를 차지하고 앉아 움직일 줄 모르고 꼼짝 않던 그녀가 일어서 밖으로 향하고 있었다.

고개를 빼고 쳐다보는 송일비.

'대단한 몸맨걸. 저 키에 저런 몸매라니, 너무 환상적이잖 아?'

탐욕을 참지 못하고 군침까지 꼴깍 삼키는 송일비였다.

한데 갑자기 눈에 힘을 줬다. 그녀가 뒤에 맨 두 자루의 거 도 때문이었다.

"훗, 무식하게 두 자루 칼을 쓰는 여자가 또 있네."

크고 무거운 쌍도를 쓰는 철랑 조비연을 떠올린 송일비였 다.

"쳇, 그녀는 어디서 뭘 하고 있나. 한동안 안 봤더니 괜히 생각이 나네."

혼자 툴툴거리고 있을 때 객잔을 나선 여인은 사람들이 둘 러선 벽보가 붙은 곳으로 가고 있었다.

"엥? 뭐야. 저기 지원하려고 그러나?"

송일비는 이해가 되지 않는단 눈초리로 그녀를 주시했다.

사람들 뒤에 서서 한동안 벽보를 들여다보는 여인.

"괴짜 부류인가 보군. 저런데 관심을 갖는 걸 보면. 그렇다 면 좀 아까운데… 실력이 아무리 형편없어도 그렇지 위사라 니. 그러기엔 가진 아름다움이 너무 아깝잖아."

송일비는 뜯어말리고 싶은 심정을 혼자 볶아대고 있었다.

*   *   *

"어딜 갔다 오는 게냐?"

죽림 안 초옥을 점령한 무림삼성이 밖을 나갔다 돌아오는 사하공을 보고 묻자 그가 퉁명스럽게 되받아쳤다.

"보면 모르시오?"

술 단지들을 든 사하공.

"오늘부터 궁외수 그놈이 갖다 준다는데 뭣 하러 사러 가?"

도끼눈을 하고 째려보는 사하공.

"험험, 뭐 그래도 늘 마시던 술이 낫지. 암암!"

구대통이 즉시 꼬리를 내리고 딴청을 부렸다.

"그런데 삼성께선 이러고 있어도 되오?"

"잉? 뭔 소리냐?"

"낭왕이 죽었다는데 이러고 있어도 되냔 말이오."

"……?"

무림삼성도 미기도 커다래진 눈으로 인상을 썼다.

득달같이 달려드는 구대통.

"무슨 소리냐? 염치우가 어찌 돼?"

"죽었단 소문이 파다하게 퍼져 나가고 있더이다."

"왜 죽어? 누구에게?"

"그걸 내가 어찌 아오. 밖에서 인간들 지껄이는 소리만 들었을 뿐인데."

구대통이 황망한 얼굴로 명원과 무양을 돌아보았다. 그리고 눈이 마주치는 순간 세 사람은 동시에 솟구쳤다.

"미기는 여기 있거라!"

바로 눈앞에서 사라지는 세 사람.

미기가 사하공에게 다시 한 번 확인했다.

"영감, 정말이야?"

째려보는 사하공.

"내가 저 노괴들을 상대로 농담할 인간으로 보이냐?"

미기는 심호흡을 들이켰다. 믿어지지 않았다. 자신이 세상에서 제일 무서워한 사람. 그리고 반야의 할아버지. 그가 죽었다니. 무림삼성에 버금간다는 무력을 지녔다는 그가?

미기는 떨리는 가슴을 도저히 진정할 수가 없었다. 그가 죽은 게 사실이라면 이제 반야는 어떡한단 말인가. 앞도 못 보는 그녀가 할아버지 없이 어떻게.

미기는 혹시 그녀도 같이 죽은 것은 아닌지 눈앞이 캄캄했다.

'반야… 제발 너만이라도!'

*　　　　*　　　　*

"공자님, 애써 가져온 술을 왜 거기다 놓고 오는 거예요?"

고개를 갸웃대는 시시.

"후훗, 첫날부터 너무 긁어놓으면 안 되잖아."

외수는 초옥으로 올라가는 죽림 입구에 올려놓은 술병 하나를 돌아보며 싱긋이 웃었다. 좋은 향기의 최상품 술이라 주당인 죽림의 영감이 알아차리지 못할 리가 없었다.

흡족하게 돌아서 가는 외수.

"그 영감님이 정말 좋은 칼을 가졌다고 확신하세요? 내가 볼 땐 시시한 장인 같은데. 당장 쓸 칼도 없잖아요?"

"시시, 아니야. 결코 시시하지 않아. 내 손이 그걸 느끼거든."

"손이요?"

"응. 저기 안에서 무언가 내 손을 잡아끌고 있어. 그게 이번에 돌아온 이후로 더 강렬하게 느껴져!"

"그래요?"

외수가 손을 펼친 채 내려다보자 시시도 머리를 처박고 같이 들여다보았다.

"이런 바보! 그렇게 본다고 보이냐?"

"히히, 그냥 신기해서!"

"장난치지 말고, 이제 그 도둑놈이나 만나러 가보자!"

"그리고 눈알이 튀어나올 정도라는 그 미인도?"

"시시!"

*   *   *

투덜투덜.

한자리에서 기다리기 좀이 쑤셔 혼자 몸을 배배 꼬고 있던 송일비가 느닷없이 자리에서 벌떡 일어섰다.

"제길, 도저히 안 되겠군. 내가 저놈의 담을 넘든지 아니면 정문을 돌파하든지 해야지. 천하의 귀수비면 송일비가 이게 뭐 하고 있는 꼴이야?"

정말 달려갈 것처럼 거대한 극월세가 성곽을 째려보는 송일비.

한데 그의 눈이 번쩍하더니 언제 그랬냐는 듯이 후다닥 다시 자리에 앉았다.

얌전한 고양이처럼 느긋하게 자세를 잡는 송일비.

"공자님, 여깁니다. 두 사람 다 여기서 기다리겠다고 했습니다."

정문 위장 태대복의 안내를 받으며 객잔으로 들어서는 궁외수.

그가 실내를 둘러보자 송일비가 손을 들고 반가운 척을 했다.

"여어, 친구!"

가늘어지는 외수의 눈초리.

외수가 다가서자 송일비가 일어서서 시시에게 인사를 했다.

"하하하, 시시 소저. 그간 잘 있었소?"

"네, 귀수비면께서도 안녕하셨어요?"

"아하, 시시 소저, 쉿! 쉿!"

손가락으로 입을 가리는 시늉을 해보이는 송일비.

"네, 죄송해요."

송일비가 외수에게로 눈을 돌렸다.

"어떤가, 친구? 내가 돌아온다고 했지? 그런데 친구를 너무 오래 기다리게 한 것 아닌가? 도대체 어딜 갔다가⋯⋯."

"내가 도둑놈이랑 친구 안 한다고 했을 텐데?"

"하하하, 이 친구 여전히 뻣뻣하구만. 자자, 앉으라고. 회포부터 풀어야 하지 않겠나."

"바빠! 찾아온 이유나 말해! 다시 잡히고 싶어서 온 거야?"

"하하, 누가? 내가? 날 잡을 능력은 되고?"

"잡아줘?"

"안 돼! 그만둬! 그때 잡은 게 실력이라고 착각하지 마. 눈 빤히 뜬 상태에서 자네에게 다시 잡힐 내가 아니니까! 그리고 또 잡아봐야 이젠 현상금도 없어. 내가 다 해결해 버렸거든."

"어머, 그래요? 어떻게요?"

시시가 의외의 반응을 보이자 송일비가 반색을 하며 대답했다.

"하하하, 시시 소저. 그건 차차 말씀드리기로 하겠습니다. 여기 다른 사람들이 들어선 안 되는 얘기라서. 하하하!"

"혹시 집을 털어버린다든가 하는 압력을 고위대관들에게 넣은 거예요?"

"아앗, 시시 소저! 쉿! 쉿쉿! 하하하, 시시 소저는 너무 똑똑해서 탈이란 말이야."

"어머, 거듭 죄송해요."

송일비는 너무 예쁘고 사랑스러워 깨물어주고 싶단 얼굴로 시시에게 웃어 보인 뒤 표정을 싹 바꾸어 외수를 마주했다.

"이봐, 궁외수! 내가 한 말 기억나지? 난 시시 소저에게 이미 목숨을 건 놈이야. 그러니 일단 날 시시 소저의 주인인 극월세가 가주에게 안내해 줘!"

"재주껏 해!"

"뭐? 야! 지금 극월세가가 비상 상태라 정문에서부터 안 된다잖아. 가능했으면 내가 널 왜 찾아?"

"그럼 말든가. 난 도둑놈 따위 세가 안에 들일 수 없어!"

"뭐야?"

발끈 핏대를 세우는 송일비. 끝까지 도둑놈, 도둑놈. 약이 올라 죽을 지경이었다.

외수는 그런 송일비를 내버려 두고 엉뚱한 곳으로 걸음을 옮겨갔다.

"……?"

멀뚱해진 송일비. 외수가 향한 곳이 여인이 있는 곳이었기 때문이다.

"오랜만이군."

송일비를 대할 때와 다르게 잔잔한 미소까지 띠고 먼저 인사를 건네는 외수.

술잔을 입에 붙이고 있던 여인이 쳐다보지도 않고 고개만 까닥였다.

"넌 줄 알았으면 바로 달려 나왔을 것을. 많이 기다렸어?"

마주 앉는 외수의 질문에 이번에도 여인은 살포시 미소만
지어보였다.

송일비는 물론 시시도 의아한 눈초리를 거두지 못했다. 시
시 자신이 모르는 궁외수의 여인(?)이 있다는 게 놀라워서 다
가가지도 못했다.

"많이 변했군."

끄덕.

여전히 잔잔한 미소와 가벼운 고개 끄덕임. 그게 더 매혹적
으로 보이는 여인이었다.

그녀가 술병을 들어 보이며 환하게 웃었다.

"한잔하겠어?"

여인이 처음 뱉은 목소리. 목소리 또한 얼굴만큼이나 옥음
(玉音)이었다.

"좋지!"

주저 없이 잔을 드는 외수.

쪼르르.

잔이 채워지자 두 사람은 서로 가볍게 잔을 부딪치고 단숨
에 목에 털어 넣었다.

외수가 잔을 내려놓으며 시시를 돌아보았다.

"시시, 거기서 뭐해? 어서 와서 인사하지 나누지 않고?"

"네?"

어리둥절한 시시. 다가가긴 하지만 당최 무슨 조화인지 알 수가 없었다.

시시가 외수 옆으로 오자 여인이 방긋 웃으며 인사를 했다.

"오랜만이네, 시시!"

"네? 네네."

어색하고 민망한 시시였다. 상대가 알아보고 인사하는데 자기는 당최 기억에 없으니.

시시는 괜히 외수에게 붙어 서서 몰래 옷자락만 잡아당겼다.

'누구예요?'

눈치까지 퍼붓는 시시.

하지만 외수는 빙그레 웃을 뿐 대답을 여인에게 넘겼다.

"네가 너무 변했나보군. 난 한눈에 알아보겠는데. 직접 가르쳐 주는 게 좋겠어."

"후후, 궁외수 넌 어떻게 날 알아봤지?"

"눈! 변치 않는 거니까!"

"역시! 고맙군. 날 알아봐 준 사람은 네가 처음이야."

시시가 우물거리며 조심스럽게 끼어들었다.

"저기 죄송한데, 누구신지?"

여인이 섭섭하다는 듯 눈을 살짝 흘겼다.

"나야 시시. 철랑 조비연!"

"에?"

뒤로 발라당 자빠질 뻔한 시시였다. 외수가 붙잡지 않았으면 아래 바닥으로 굴렀을 것이었다.

"비, 비, 비연 언니라고요?"

시시의 놀람은 아무것도 아니었다. 뒤에 우두커니 지켜보고 선 송일비의 일그러진 얼굴은 차마 봐줄 수도 없을 정도였다.

"무슨 소리야? 조비연이라니?"

그의 표정을 돌아본 외수가 픽 웃었다.

"저 도둑놈도 널 못 알아봤던 거야?"

"그래, 며칠을 같이 있었으면서도 몰라보더군. 덕분에 편했지. 후훗!"

시시가 호들갑을 떨었다.

"놀라워요, 언니! 저는 지금 보면서도 도대체 믿기지가 않아요. 무슨 일이 있었던 거예요? 어떻게 그 짧은 시간 안에 이렇게 변신을 할 수가 있는 거죠? 누가 지금의 언닐 보고 현상금 사냥꾼 철랑 조비연이라고 하겠어요? 비법이 뭐예요? 무슨 특별한 무공이라도 익힌 거예요?"

"왜 너도 변신하게? 넌 쉬워! 마구 먹어주기만 하면 되니까! 아하하하!"

호탕하게 웃는 조비연. 그제야 조금은 과거의 조비연 냄새가 났다.

조비연은 웃으며 자기가 변화를 작심한 계기를 생각했다.

궁외수의 단 한마디. '예쁜 여자가 왜 그러고 다녀?' 그게 이유였고 전부였다. 유일하게 뚱뚱한 살집 속 자신의 모습을 봐준 인간.

"거짓말!"

불쑥 튀어나온 고함 소리. 뒤쪽 송일비가 내지른 고함이었다.

"어떻게 네가 그 뚱뚱보 못난이 조비연일 수가 있어? 내가 확인해야겠어!"

송일비가 성큼성큼 다가섰다. 마치 가까이서 눈, 코, 입, 피부까지 다 뜯어 만져 보겠다는 듯이.

그런데 거침없는 손길이 내밀어지는 순간, 조비연의 등 뒤 쌍도 중 하나가 섬광보다 더 빠르게 뽑혀 나왔다.

카캉!

느닷없이 터지는 쇳소리.

외수도 그 굉음에 놀라 눈을 부릅떴다.

풀쩍 물러나 있는 송일비. 뜻밖에도 그의 손엔 어디서 나타났는지 뱀처럼 흐늘거리는 얇은 검 한 자루가 쥐어져 있었다.

놀란 객잔 안 사람들이 다 쳐다보는 상황. 딱딱하게 표정이 굳은 송일비가 낭창거리는 얇은 검을 수습했다.

휘리릭!

자세히 보지 않으면 모를 빠른 동작. 검날이 접혀 허리춤 혁대 속으로 들어가는 것을 외수는 보았다.

천천히 고개를 드는 송일비.

"다시 만난 인사치곤 거칠군, 철랑!"

"난 줄 확인했으면 더 볼일 없지? 꺼져!"

"뭐? 이러면 안 되지. 너와 나의 인연이 몇 년인데."

"훗, 그래서 어쩌라고? 그 인연 다시 이어서 널 잡아 처넣 어줄까?"

"이……!"

송일비는 발끈했지만 반박은 하지 못했다. 솔직히 쫓고 쫓 긴 인연을 강요 말라면 어쩔 수 없는 것이었다.

"야! 나도 술 가져다줘!"

점원을 향해 소리친 송일비가 혼자 분을 못 삭여 식식거리 며 자리에 앉았다.

왜 열불이 나는지 몰랐다. 예뻐진 그녀가 자신을 무시해 서?

송일비는 궁외수와 정답게 이야기를 나누고 있는 그녀를 힐끔 다시 한 번 확인했다.

이젠 진짜 조비연이란 이름에 더없이 잘 어울리는 외모.

'쳇! 궁외수 저 자식은 어떻게 알아 봤지? 저 미친 인간 빼 고 누가 지금 조비연의 저 모습을 과거의 그 뚱뚱보 못난이라고 생각해?

송일비는 그녀가 자신을 풀어주며 헤어질 당시 음식이라 곤 입에 대지 않고 겨우 생쌀 몇 줌과 솔잎만 먹던 것을 기억 했다.

구토를 해가면서까지 고픈 배를 움켜쥐고 솔잎을 먹던 그 녀. 송일비는 그녀를 다시 돌아보지 않을 수 없었다.

'독한 년! 저렇게 될 때까지 그 고통을 다 참았단 말이야? 지독한 년! 악랄한 년! 예쁜 년! …엉? 뭐뭣, 예쁜 년?'

혼자 속으로 중얼대던 스스로 깜짝 놀라 찔끔했다. 그리곤 나쁜 짓하다 들킨 인간처럼 슬그머니 궁외수와 조비연을 돌 아보았다.

'쳇, 예쁘긴 예쁘군.'

외수가 일어났다.

"비연! 여기 언제까지 머물 거야?"

"글쎄? 가려고?"

"오늘부터 세가에서 할 일이 있어. 지금처럼 낮술 마시지 말고 기다려. 저녁에 마시게."

외수의 말에 비연이 싱긋이 웃었다.

그러자 시시가 또 호들갑을 떨었다.

"와아, 언니! 그 웃음 예뻐요. 여자인 내가 봐도 홀딱 빠지 겠네."

"뭐?"

얼굴을 붉히는 조비연.

그 모습을 보고 시시가 또 놀리려고 하자 외수가 잡아 일으
켰다.

"시시, 장난 그만치고 가자!"

어쩔 수 없이 앞에 나서는 시시.

그런 두 사람을 조비연이 붙잡았다.

"잠깐! 이거 가져가야지!"

주머니 하나를 탁자 위에 툭 던져 놓는 조비연.

"뭐야?"

"네 돈!"

외수는 그제야 알아듣고 손을 내밀었다.

그런데 그때 송일비가 또 초를 쳤다.

"야! 돈은 무슨 돈이야? 현상금도 받지 않았으면서!"

외수가 조비연을 보았다.

"무슨 소리야? 받지 않았다니?"

송일비를 노려보던 조비연이 고개를 저었다.

"저 인간 말 듣지 마! 이건 네 돈이야!"

뭔가 찜찜한 외수가 송일비를 돌아보자 아니나 다를까 그
가 다시 빽 소릴 질렀다.

"웃기네. 도중에 날 풀어줘 놓고 무슨 현상금?"

"그랬어?"

외수의 물음.

조비연은 계속 같은 식으로 고개를 저었다.

"어찌됐든 이건 네 돈이야."

외수가 가볍게 픽 웃었다.

"넣어둬!"

"뭐? 왜?"

"네 원래 본모습을 보게 해준 대가라고 하자."

"무슨 말도 안 되는 소리야? 이건 내가 네게 약속한 돈이야."

"아니, 어차피 받을 생각도 없었어. 나중에 술값으로나 쓰자."

외수가 자리에서 내려왔다.

조비연이 따라 일어서며 소릴 질렀다.

"야, 궁외수!"

남아 있던 시시가 얼른 그녀를 만류했다.

"언니, 그냥 넣어두세요. 받지 않을 거예요."

"왜?"

"호호, 공자님 성격이 원래 그래요. 그리고 공자님 현상금 받은 것 또 따로 있어요."

"뭐? 현상금?"

"네. 무려 황금으로 열두 냥이나 되는걸요."

자랑스럽게 떠벌이는 시시.

조비연도 송일비도 뭔 말인지 몰라 눈만 껌뻑거렸다.

"공자님이 화양과 사성 일대에서 설치던 인신매매단과 그 두목을 퇴치했거든요. 흑살 도선풍이라고. 히히!"

"흑살 도선풍?"

"네. 그 악당의 몸값이 무려 그 정도나 됐대요, 글쎄."

"야, 궁외수! 네가 흑살 도선풍을 잡았다고?"

송일비가 고함을 질렀지만 외수는 뒤도 안 돌아보고 객잔을 나가 버렸다.

"언니, 나중에 봐요!"

방긋 웃어보이곤 뒤따라 쫓아가는 시시.

"시시 소저, 시시 소저! 자, 잠깐만!"

애타게 손을 뻗는 송일비. 하지만 허무하게 허공만 휘저을 뿐이었다.

"이런, 인사도 안 하고 가버리다니. 아아!"

그 꼴을 보고 있던 조비연이 피식 비웃었다.

"푸훗! 풉!"

"야, 조비연!"

"왜, 도둑놈아!"

"재밌냐?"

"그럼 재밌지 않고. 혼자 똥줄 태우는 모습을 보이는데 어찌 재미가 없겠어."

"으드득!"

"왜 한 판 뜰까? 네 그 연검 다시 한 번 뽑아 볼래?"

송일비는 이빨만 드륵드륵 갈아대며 정작 손을 쓰진 못했다.

"야, 왜 술 안 가져오는 거야? 죽을래? 빨리 가져와!"

괜히 엉뚱한 객잔 점원에게 불똥을 튀기는 송일비였다.

第七章

뜻밖의 지원자

그땐 말이야. 소림, 무당, 아미, 점창을 비롯한 대문파들이 숨
도 쉬지 못하던 시대였어!
두 부자가 천하를 쥐고 흔들던 때였거든.

—무림역사가

　"공자님, 정말 직접 위사들을 심사하실 거예요? 그런 건 관리자들 시켜도 되는데?"

　시시, 반야와 함께 점심 식사를 하는 자리에서 편가연이 걱정스럽게 물었다.

　"내가 해야 돼. 더 이상 위사들이 죽어나가는 꼴을 못 봐. 위사들을 가려 뽑는 것뿐만 아니라 훈련 체계까지 다 바꿀 거야."

　"무리가 되실까 봐 걱정돼요."

　"그들을 잘 뽑고 잘 훈련시켜 놓는 게 오히려 내게 힘이 되는 일이야."

편가연은 수긍할 수밖에 없었다.

"반야, 심심하지? 위사 선발하는 자리에 같이 갈래?"

뜻밖의 말에 반야가 당황했다.

"제가 가도 되는 자리예요?"

"그럼. 안 될 것 뭐 있어? 싸우는 것도 아니고 그냥 한쪽에 앉아 구경만 하는 건데."

반야가 대답을 못하고 눈치만 봤다. 외수의 배려가 고마웠지만 대답하기가 곤란했다.

그때 시시가 빽 소릴 질렀다.

"공자님! 저도요!"

"맘대로 해! 누가 막는 것도 아닌데."

"저, 저도 가겠어요."

"응?"

편가연까지 나서자 외수가 멀뚱히 쳐다보았다.

"혼자 있으면 뭐해요. 모처럼 외원에 나가… 보겠어요."

얼굴이 붉어진 편가연.

외수가 이번엔 다소 심각한 얼굴을 했다.

"음, 그건 좀 생각해 봐야 할 문제인데. 지원자들 중에 살수가 섞여 있을 경우 위험할 수도 있으니까 말이야."

"공자님 계시잖아요. 그리고 신분 다 확인해서 들여보낼 테고."

"흠, 좋아! 그렇게 해!"

확 펴지는 편가연의 얼굴.

"고마워요."

"고맙긴! 세가의 주인이 세가 안을 마음껏 활보 못 한다는 것도 정상이 아니잖아?"

*　　　*　　　*

극월세가 정문 앞.

"줄을 서시오!"

붐비는 사람들 때문에 정신이 없는 정문 위장 태대복이 고래고래 소리를 지르고 있었다.

"접수를 마친 사람들은 이쪽으로! 아직 접수를 못 한 사람들은 반대편 접수대 쪽으로 서시오!"

호위무사로 극월세가의 가족이 되겠다고 몰려든 사람들. 그중엔 어중이떠중이도 있었으나 대부분 제대로 무공을 익힌 장한들. 정문을 지키고 접수를 받는 이들은 잠시도 쉴 틈을 갖지 못했다.

"줄을 서요! 접수를 마쳤어도 세가 사정상 한꺼번에 들어갈 순 없소. 접수 순서대로 열 명씩 끊어 들어갈 것이니 서둘지 마시오."

목이 쉴 듯한 태대복.

그와 함께 정문을 경계하는 위사 중 한 사람이 투덜투덜 말했다.

"첫날부터 왜 이렇게 많이 몰려드는 거야? 앞으로 열흘간 죽어나게 생겼네."

"이놈아, 너도 경험했지 않느냐. 월가인이 되는 게 쉬워? 잔소리 말고 행여 간자나 살수가 섞여들지 않는지 철저히 검열이나 해!"

"당연한 말씀! 걱정 붙들어 매시오. 이중삼중으로 신원을 살피고 확인하는데 감히 어떤 놈이 속이고 들어갈 수 있단 말이오."

"그래도 돌발 변수 같은 게 생길지 모르니까 눈 부릅떠!"

"옙! 그런데 위장, 이번에 궁 공자께서 직접 심사를 하신다고 하던데 사실입니까?"

"그래."

"그럼 궁 공자께서 혼자 삼십여 명의 살수를 상대해 모조리 도륙하고 가연 아가씨를 구하셨다는 것도 사실입니까?"

"그것뿐이냐. 그 외에도 수차례 더 아가씨를 구해내셨고, 남궁세가에서 있었던 무림 후기지수 대회에서 우승한 데다가 상으로 내걸린 낭왕 염치우 대협의 신공 비급까지 차지하셨다더라."

"헙! 그, 그렇게나 고수셨단 말이오? 이제 겨우 약관에 지나지 않는 나이라 상상도 못 했소."

"짜식! 하긴 놀랄 만도 하지. 나도 처음 들었을 땐 내 귀를 의심했었으니까. 흐흐흐."

"우와, 충성심이 막 솟아나오. 곧 편장엽 가주님을 살해한
범인도 잡을 수 있을 것 같소. 푸하하하!"

*　　　　*　　　　*

극월세가 외원 제이 연무장.

삼면에 크고 반듯한 거석들을 쌓아올린 정사각형의 연무
장이다.

한쪽으로 심사관들이 앉을 의자와 탁자가 쭉 붙여진 채 놓
였고 맞은편에 지원자들의 대기석이 표시되어 있었다.

심사가 시작되기 전, 심사관들이 하나둘 나와 자리에 앉기
시작했고, 깨끗한 정복에 극월이란 글자와 세가의 표식인 만
월과 초승달이 박힌 오십 명의 위사가 사방을 둘러 포진했다.

모든 준비가 완벽하게 되었을 때 편가연을 앞세운 궁외수
가 나타났다.

"어서 오십시오, 가주! 그리고 공자님!"

일제히 일어서 편가연을 맞는 사람들. 심사관들이라고 해
도 외수를 돕기 위한 보조자들이었다.

반야를 데려온 시시가 외수가 자리한 뒤에 앉았고, 또 그
뒤로 위사들의 호위 속에 편가연이 자리했다.

"지원자들은 많습니까?"

외수가 앞에 접수자 명단과 각자의 무기, 특기를 기록한 문서들은 거들떠보지도 않고 대신 열심히 뒤적이고 있는 심사관들에게 물었다.

"예, 공자! 첫날인데도 많이 지원했다고 합니다."

"그럼 바로 시작하시오!"

"예!"

심사관 중 한 사람이 손짓으로 신호를 보내자 위사 몇이 달려가 지원자들을 데리고 들어왔다.

모두 열 명.

"첫 번째 지원자는 앞으로 나서시오!"

진행을 돕는 위사의 호령.

한 사람이 연무장 중앙으로 나섰고, 그가 인사를 하며 극월세가 위사 모집 심사가 시작되었다.

"인근에 사는 봉만호라고 합니다."

"특기는?"

"태홍무관의 육황도법을 익혔습니다."

"시연해 보시게."

*　　　　*　　　　*

화평객잔의 송일비는 궁외수가 와서 뒤집어놓고 간 이후 온갖 궁상맞은 꼴을 다 보이며 하루 종일 술만 깨작거리고 있었다.

"에구, 사랑이 뭔지. 사내의 사랑은 위대한 것. 쉽사리 꺼지지 않는 것. 아아, 참고 또 참아야 하느니. 언젠가 환희의 그날이 오리니. 아아, 시시 소저! 정녕 그대만을 사랑하는 내 마음을 어찌 모르시는 게요."

뭔 말인지도 모르게 혼자 중얼대는 송일비.

보고 있던 조비연이 혼잣말 한마디로 깔끔하게 정리했다.

"미친놈!"

그녀의 일갈을 놓치지 않은 송일비. 바로 도끼눈을 찍어갔다.

"무어라 했느냐?"

"염병한다고 했다 왜?"

"이게? 이젠 도저히 용서 못 해!"

취기로 이미 눈이 반쯤 풀린 송일비가 흐느적흐느적 자리에서 일어나 자신의 허리춤으로 손을 가져갔다.

"뽑아라, 조비연!"

휘청휘청 제 검도 제대로 빼지 못하는 송일비.

조비연이 상종도 않고 행낭을 챙겨 들며 일어났다.

"어디 가?"

"네놈 없는 곳!"

"뭐?"

밖으로 나가는 조비연.

"야! 거기 안 서? 나랑 한바탕해야지, 어디 가냐고?"

아랑곳없이 조비연은 객잔에서 사라졌다.

"이게 끝까지?"

송일비가 허겁지겁 술값을 꺼내놓고 쫓아 나섰다.

"어디 갔어? 야, 조비연?"

오가는 사람들 틈을 두리번거렸으나 송일비의 눈에 조비연은 보이지 않았다.

"잡히면 죽었어!"

포기하지 않고 사람들 속을 헤집는 송일비. 그러다 그는 결국 조비연을 찾고 말았다. 우뚝 솟은 듯한 그녀의 큰 키 덕분이었다.

"야, 거기서 뭐해?"

사람들 사이에 섞여 줄을 서 있는 그녀.

"뭐하냐니까?"

송일비의 모습은 완전히 취해 주정 부리는 취객의 모습과 다를 게 없었다.

"어라? 이거 그놈 있는 곳 정문이잖아? 뭐야? 너 지금 위사 모집에 응하려는 거야?"

"상관 말고 꺼져! 마지막 경고다! 한 번만 더 그 입 나불대면 찢어버린다!"

"헙?"

송일비가 자기 입을 탁 틀어막았다. 쌔려보는 조비연의 서

슬이 정말 장난이 아니었기 때문이다.

조심조심 살금살금 물러나는 송일비. 술에 취한 자신의 주제 파악을 한 것이다.

그러다가 우뚝 멈춰 섰다. 그리곤 한동안 조비연의 뒷모습을 노려보다 문장과 휘장이 걸린 극월세가 성곽을 올려다보았다.

"그렇지. 밖에서 떠돌아봐야 소용이 없지. 사랑을 쟁취하기 위해서라면 들어가서 부딪쳐야지! 암!"

무언가 제법 진지하게 결정을 내린 송일비는 쪼르르 달려가 조비연 뒤에 섰다.

"뭐야?"

"아아, 신경 쓰지 마. 난 나대로 볼일 있으니까."

"시시 때문이냐?"

"알면서 왜 물어? 그러는 넌 왜 기껏 변신해 놓고 이따위 위사질이나 하려고 그러는데? 궁외수 때문이냐?"

"……."

입을 닫아걸고 대꾸 않는 조비연.

"맞는 모양이군. 그놈이 좋아? 어디가?"

"시끄러! 그런 거 아냐!"

"아니긴! 네가 현상금 사냥꾼을 그만둔 것, 그 고역을 인내하며 살을 뺀 것, 네가 돌변하기 시작한 모든 것이 다 그놈을 만난 순간과 일치하는데."

"……."

"나 귀수비면 송일비야. 귀신은 속여도 난 못 속이지."

"죽고 싶은 모양이로구나. 계속 지껄이는 것을 보면!"

"후훗, 정말 더 지껄이면 안 되겠군. 알았어, 각자 볼일 보자고."

*   *   *

위사 모집 시험을 구경하고 있는 반야. 그녀가 시시의 귀에 대고 조그맣게 속삭였다.

"방금 시연한 사람, 창을 쓰는 소리가 대단했는데 합격일까요?"

시시가 외수 앞으로 넘어온 채점이 매겨진 심사표를 슬쩍 넘겨다본 뒤 똑같이 속삭이며 대답했다.

"아마 아닐 거예요. 지금까지 저런 사람 대부분 다 떨어졌어요."

심사 과정은 특별할 게 없었다. 각 심사관들이 점수를 매기면 그것이 외수에게 전달되고 외수가 최종 결정을 하면 되는 것이었다.

그런데 시시가 뒤에서 훔쳐본 바로는 외수는 지금까지 단한 번도 흡족한 표정을 지은 적이 없다는 것이다. 현재까지 무려 이백여 명이 넘는 지원자가 각자의 무위를 선보였는데도 외수는 겨우 다섯 남짓의 사내만 합격을 시켜놓고 있었다.

약 백오십여 명을 뽑는 위사 모집. 이런 식이라면 열흘 내내 진행한다 해도 고작 오십 명 채울까 말까 했다.

"이제 오늘의 마감 시간이 다 되어가는 것 같은데요?"

"네, 반야 아가씨. 이제 마지막 조가 들어올 듯해요."

시시의 속삭임 끝나기 무섭게 진행 위사의 호령이 들렸다.

"대기조 들어오시오!"

마지막으로 예상되는 열 명이 입장하는 것을 보던 시시가 눈이 휘둥그레졌다. 그것은 외수도 마찬가지였고 여덟 명의 심사관도 마찬가지였다.

최초의 여성 지원자. 그것도 철랑 조비연이 열 명 중에 섞여 있었기 때문이었다.

"시시 소저, 왜 그러세요?"

"지원자 중 여인이 한 명 있는데 저와 공자님이 아는 사람이에요. 어?"

반야의 물음에 더듬더듬 대답하는 시시가 귀수비면 송일비도 있는 걸 확인했다.

"왜요?"

"다른 또 아는 사람이 있어요. 이게 무슨? 왜 저들이?"

시시가 외수의 반응을 보았다. 그도 자신과 다르지 않았다. 자신만큼 놀라는 표정까진 아니었지만 까닭을 몰라 고개를 갸웃대는 모습이었다.

궁금한 반야가 시시의 소매를 당겼다.

대답하는 시시.

"공자님의 친구이기도 하고요, 무림에서 아주 유명한 분들이에요."

"그런 사람들이 왜 위사 모집에 응했을까요?"

"그걸 저도 모르겠어요."

시시는 편가연도 돌아보았다. 태연한 모습. 하긴 조비연과 송일비 두 사람을 모르는 그녀이니 당연한 모습이었다.

조비연이 먼저 중앙으로 불려 나왔다.

어이없다는 표정의 외수.

하지만 조비연은 생글생글 웃음만 흘렸다.

심사관들의 질문이 떨어졌다.

"최초의 여성 지원자인데 이름이 조비연이군. 특기가 뭔가?"

"쌍도와 비도입니다."

"시연을 해주겠나?"

외수에게만 눈을 두고 있던 조비연이 천천히 손을 들어 등에 멘 칼로 가져갔다.

그때 외수가 제지했다.

"잠깐! 시연은 그만두고 질문 하나 더 하지!"

여전히 웃음을 문 채 외수를 응시하는 조비연.

"지원 이유가 뭐지?"

"사냥꾼 노릇이 지겨워서!"

그녀의 대답에 외수가 피식 웃었다.

"그렇군. 예전만큼 많이 못 벌 텐데 괜찮겠어?"

"시켜먹는 만큼만 줘!"

"후후, 후후훗!"

흡족해서 흘리는 웃음.

"좋아, 그러지. 잠깐 물러나 있겠어?"

조비연이 대기자 위치로 돌아가자 진행 위사가 소리를 질렀다.

"다음 지원자 앞으로 나서시오."

이번엔 심사관들이 질문을 하기도 전에 외수가 먼저 쏘아붙였다.

"뭐냐, 도둑놈!"

외수의 반응에 연이어 당황하는 심사관들.

"보면 모르냐? 위사 뽑는다며? 위사 하러 왔다!"

"수작 부리지 마라, 도둑놈!"

"흥! 수작이든 뭐든 위사 노릇 하면 될 거 아냐! 뭐 시범 보여줘?"

퉁명스럽게 팔짱을 끼고 있던 송일비가 허리춤을 잡아가는 시늉을 했다.

"됐고. 좋다, 지원 목적이나 말해봐!"

"이곳 편가연 가주를 지켜주는 것! 극월세가를 노리는 범인들을 색출해 죽이는 것! 그리고 그 공의 대가로 노비 문서를 요구해 시시 소저를 내 사람으로 만드는 것!"

송일비의 대답이 끝나자 뒤쪽 편가연의 표정이 일그러질 대로 일그러졌다. 그렇잖아도 어리둥절한 상황에 노비 문서 어찌고 시시 어찌고, 그녀는 당최 이게 다 무슨 소린지 알아들을 수가 없었다.

"이 시간 이후로 도둑질 안 할 자신 있어?"

"최소한 두 가지는 약속할 수 있지. 극월세가 안에선 안 한다. 그리고 위사 노릇 중엔 안 한다."

편가연이 결국 참지 못하고 끼어들었다.

"궁 공자님, 이게 다 무슨 소리죠? 저 사람은 누구예요?"

그제야 편가연을 본 송일비. 바로 턱을 떨어뜨렸다.

외수가 일어났다.

"소개하지. 이쪽은 송일비란 도둑놈이고, 저쪽은 이런 도둑놈을 잡던 사냥꾼이야!"

"친구들인가요?"

"그런 셈이지."

외수는 바로 정리하고 자리를 떴다.

"오늘은 여기까지 하겠소. 나머진 여러분들께서 알아서 해 주시오."

"예, 공자님. 들어가십시오."

"비연! 따라와! 도둑놈 너도!"

시시와 반야, 그리고 편가연을 앞세우고 내원으로 향하는 외수. 그 뒤를 조비연과 넋이 빠진 송일비가 따랐다.

"이봐, 철랑! 저게 사람인가?"

편가연의 뒷모습에서 눈을 떼지 못하는 송일비.

"왜, 시시에게서 편가연으로 대상을 또 바꾸시게?"

"으응? 아니! 말도 안 되는 소리! 시시 소저만이 나의 유일하고 완벽한 이상형이라고!"

"지랄한다. 예쁜 여자만 보면 침부터 질질 흘리는 게 무슨!"

"시끄러! 그래도 내가 사랑하는 사람은 오직 시시 소저뿐이야!"

"네네, 많이 사랑하세요!"

"그런데 정말 굉장하군. 말로만 듣던 극월세가가 이 정도 규모였다니… 정말 너무 크고 화려하잖아."

이번엔 조비연도 부정하지 않았다. 극월세가의 화려함은 내원으로 들어갈수록 더 놀랍고 대단했다.

"다시 소개하지. 이쪽은 편가연 가주!"

"안녕하세요. 소문대로 역시 대단한 아름다움과 기품을 지닌 분이시네요. 영광입니다. 조비연이라고 해요."

외수의 소개에 조비연이 먼저 인사를 했다.

"반갑습니다. 궁 공자님께 이렇게 눈부신 친구 분이 계신

줄 몰랐네요."

아직도 얼떨떨한 기분을 지우지 못하는 편가연이었다.

"그리고 이쪽은……."

"귀수비면 송일비라고 합니다."

외수가 소개를 이어가려 하자 송일비가 알아서 먼저 나섰다.

"화용월태 편 가주님을 뵈어서 영광입니다."

"네에. 반갑습니다. 그런데 아까 시시를 들먹이시던데 노비 문서는 무슨 뜻인가요?"

"시시 소저가 가주께 속한 노비란 걸 듣고 그녀에게 자유를 주기 위해 그 문서를 제가 사고 싶단 뜻이었습니다."

"산다고요?"

"그렇습니다. 제게 파실 의향이 있으십니까?"

"호호, 그건 불가능하겠는데요. 시시가 원한다면 모를까, 그녀는 제 자매나 다름없는 아인걸요."

"그 얘기도 들었습니다. 어쨌든 제 목표는 시시 소저가 노비가 아닌 새 삶을 시작하는 것입니다. 무슨 수를 써서라도 그녀가 원하도록 만들겠습니다."

"시시를 좋아하시나요?"

"아가씨?"

옆에 있던 시시가 참지 못하고 발끈해 소릴 질렀다.

"호호, 시간은 많으니까 시도해 보도록 하세요. 시시도 좋다면 좋은 일이죠."

"역시 대가문의 가주다우십니다. 감사합니다. 반드시 그날이 오도록 성취하겠습니다."

"호호, 재미있군요. 전혀 위사와는 어울리지 않는 분들인데 위사를 하겠다고 나선 계기가. 잘 부탁드려요."

편가연이 나빠하지 않는 듯해 외수가 그녀의 말을 받았다.

"괜찮다면 난 이들을 별채에 머물게 할 생각이야. 그리고 앞으로 위사 훈련도 이들에게 맡길 생각이고."

"공자님 뜻대로 하세요."

"고마워! 그럼 바로 별채로 이동할게."

외수가 송일비와 조비연을 데리고 별채로 갔다.

외수는 두 사람에게 앞으로 사용할 방을 정해주고 시녀들에게 술상을 부탁했다.

술상을 기다리며 창가 의자에 늘어져 있던 송일비가 첫 번째 질문을 던졌다.

"이봐 궁외수, 우릴 뭘 어떻게 한다고?"

"첫 번째는 여기 머물며 편가연을 보호. 두 번째는 세가 위사들의 무력 강화!"

"그걸 우리보고 다 하라고?

"여기 안에서 따로 할 일 있어?"

"있지, 당연히! 그런데 그것보다 너에 대한 것부터 묻자! 너도대체 정체가 뭐야? 편가연 가주와는 무슨 관계야?"

대답을 머금은 채 송일비를 빤히 쳐다보는 외수.

조비연도 대답이 궁금해 외수의 입에 주목했다.

어쩔 수 없다는 듯 입을 여는 외수.

"음, 정혼을 했던 사이야."

"뭐뭣? 정혼? 그리고 '했던' 은 또 뭐야?"

"뭐 지금도 그게 유지되고 있긴 해!"

아무렇지도 않게 대꾸하는 외수를 보며 조비연의 눈망울이 살짝 흔들렸다.

"그럼 네가 이 극월세가의 주인이 될 인간이란 말이야?"

"훗, 누가 그래?"

"정혼한 사이라며?"

"그래, 정혼한 사이일 뿐이야!"

"그게 말이야? 밥이야? 무슨 소리야?"

인상을 일그러뜨리는 송일비.

"됐어. 그 얘긴 그만하고 극월세가 상황을 설명할 테니 잘 들어!"

외수는 지금까지 극월세가가 처한 상황을 하나씩 까놓기 시작했다. 두 사람이 정확한 정보를 가지고 있어야 편가연을 지키는데 더움이 될 것이기 때문이었다.

외수가 최근 공격을 받아 많은 위사들이 죽은 이야기까지 설명했을 때 조비연도 송일비도 놀라움을 금치 못했다.

"뭐야 이거? 완전히 사지에 들어온 기분이네. 거대한 음모의 소용돌이 정중앙에 서 있는 꼴이잖아."

두 사람이 놀라고 있을 때 준비를 마친 음식과 술상이 들어왔고, 본채에 있던 편가연과 시시, 반야, 그리고 설 대총관까지 따라 들어왔다.

"야, 비연! 우리 이렇게까지 해야 되는 거냐?"

"사내자식이 이랬다저랬다, 하기 싫으면 너나 꺼져! 가만있는 나까지 엮지 말고."

외수가 두 사람 말을 끊었다.

"그래서 이후 내 예상은 이렇다. 틀림없이 놈들은 세가 안까지 살수를 보내 올 거라는 것!"

외수의 말에 뒤에 늘어선 편가연과 시시 등이 모두 경악을 했다.

"음!"

상체를 숙이고 심각하게 침음을 흘리는 송일비.

외수는 뒤에서 편가연이 듣고 있는 것을 알면서도 말을 이었다.

"틀림없다. 거듭 실패를 한 놈들은 급해졌을 것이고, 어쩔 수 없이 세가 안까지 마수를 뻗칠 것은 너무도 빤하다. 난 거기에 대비하는 중이었고, 그러는 와중에 너희들이 와준 것인데, 솔직히 내심 얼마나 좋은지 표현할 수 없을 정도다. 전력이 약화된 이 세가 안에서 믿을 사람은 너희 둘밖에 없으니."

"그래서 그 엄청난 적을 우리 셋이서 감당한다고?"

끄덕.

"미쳤군."

"그래, 미쳤지! 두려우면 지금 떠나면 돼. 휩쓸리기 전에!"

"……?"

빤히 노려보는 송일비.

"야! 미쳤다고 했지 누가 간다고 했냐?"

"그럼?"

"이게 비천도문의 종손을 어떻게 보고? 까짓것 오라고 해!
도대체 어떻게 생긴 놈들인지 낯짝들이나 보자고!"

"후후후. 시시, 술 줘!"

외수의 말에 시시가 얼른 술병과 잔을 건넸다. 그리고 다른
시녀들과 함께 음식을 옮겨놓기 시작했다.

"받아!"

송일비가 술잔을 들며 눈을 흘겼다.

"이제 술을 주고받는 사이가 된 거냐?"

"언제든지!"

"치사한 인간!"

"후후후, 이럴 때 듣는 욕은 기분이 나쁘지 않군."

외수는 조비연에게도 술을 따라주며 그녀의 비도술을 기
대했다.

第八章

이름 없는 검

내가 한 짓이 아니야. 나는 아무것도 담지 않았는데
신이 녀석에게 너무도 많은 걸 담아 놨지.

—궁천도

아침 일찍 외수는 시시가 준비해 준 술 단지를 들고 대장간
이 있는 죽림을 향했다.

칼이 필요했다. 예감으론 적이 곧 닥칠 것 같은데 맨손으로
있을 순 없었다.

'음, 오늘은 직접 부딪쳐 볼까, 아니면 오늘도 그냥 놓고 올
까? 어제 가져다놓은 술은 마셨을까?'

외수는 걸으며 혼자 별별 생각을 다했다.

'아니야, 아무래도 오늘도 그냥 오는 게 좋을 것 같군. 며
칠 더 시간을 둬야겠어.'

결정을 한 외수는 걸음을 빨리 했다. 차라리 어서 갖다놓고

돌아가 새벽에 하던 일원무극공 수련을 좀 더 하는 게 나을 것 같아서였다.

"엉? 없군!"

외수는 어제 놓아둔 자리에 술병이 없어진 걸 확인하고 빙긋이 웃음을 지었다.

'후훗, 술꾼 영감이 그럼 그렇지. 내 술을 먹었으니 아무래도 조금은 마음이 열리지 않겠어? 흐흐흐!'

외수는 다시 똑같은 자리에 들고 온 술 단지를 내려놓았다. 그리고 조용히 돌아가려는데 죽림 안 노인의 목소리가 들렸다.

"가지고 올라와라!"

잠시 주춤한 외수는 일단 술 단지를 다시 들고 죽림 안 초옥을 향해 올라갔다.

오솔길을 지나 나타난 마당.

노인이 초옥 앞 탁자에 앉아 술을 마시고 있었다.

외수는 움직이지 못했다. 술 단지를 안은 왼손, 그리고 늘 어뜨린 오른손, 두 손 모두 경련이 일고 있는 탓이었다.

웅웅웅웅!

누군가 아주 낮은 음의 활을 켜는 듯한 소리. 정확히 어디서 나는지 알 수 없는 소리가 죽림 안을 은은히 채우고 있었다.

외수의 눈은 노인이 앉은 탁자 옆 길고 커다란 상자에 꽂혀 떨어질 줄을 몰랐다.

뻘건 흙이 잔뜩 묻고 튼튼한 동아줄이 매어져 있는 상자. 어디 땅속 깊은 곳에 오랫동안 묻혀 있던 것을 캐낸 듯한 느낌을 떨칠 수 없었다.

"놈, 이리 오너라!"

외수는 쉽게 떨어지지 않는 걸음을 억지로 떼어 한 걸음씩 노인 앞으로 다가갔다.

"앉아!"

"어찌 새벽부터 술이오?"

"흥, 네놈이 먹으라고 갖다놓지 않았느냐."

"누가 새벽에 마시라고 했소?"

"시끄럽고 가져온 술이나 여기 따라보아라!"

내밀어지는 노인의 커다란 술잔. 술잔이라기보단 그냥 큰 사발 같은 그릇이었다.

외수는 술 단지를 뜯어 그의 잔에 술을 따랐다.

"난 네놈에게 이 술을 받을 자격이 있다."

"누가 없다고 했소?"

"대꾸하지 말고 듣기만 해라, 빌어먹을 놈아!"

"……"

쭈욱!

다시 내미는 빈 잔.

외수는 두말 않고 채웠고, 노인은 또 한 번에 비운 후 거듭 술을 요구했다.

이미 꽤 많은 취기가 있는 노인. 떨어뜨리고 있는 고개가 무척이나 무거워 보였다.

"묻겠다."

"말하시오."

"낭왕이 널 선택한 이유가 무엇이냐?"

눈을 찌푸리는 외수. 무슨 뜻인지 알아듣지 못한 것이다.

"무슨 말이오. 날 선택하다니?"

"그의 정심한 내력이 어째서 네놈 몸에 들어갔느냔 말이다."

외수는 잠시 생각하다가 대답했다.

"어쩔 수 없어서였소. 마지막 순간에 내가 옆에 있어서 그랬을 것이오."

"빌어먹을 놈! 낭왕이 그리 허술한 인간인 줄 알았느냐. 옆에 있다고 자기 내공을 주게?"

"아니란 말이오?"

"그가 어떻게 죽었느냐?"

"날 구하려다가 극독이 발린 암기를 맞으셨소."

비로소 노인의 고개가 들렸다. 똑바로 노려보는 눈.

"왜 그러시오?"

"나도 낭왕, 그 괴물의 선택을 믿어보기로 했다."

"……?"

"옆에 있는 상자, 가져가라! 네가 원하는 것이 들었다."

"카, 칼이란 말이오?"

"검이다!"

"검?"

"그렇다. 진짜 만병지왕(萬兵之王)이 들어 있다."

"……."

노인을 물끄러미 응시하는 외수.

그는 눈을 감은 채 다시 술 한 잔을 쭈욱 들이키고 말을 이었다.

"이름은 없다. 짓지 못했다. 이제부터 네놈이 주인이니 네가 지어라!"

"갑자기 검을 내어주는 이유가 무엇이오?"

"말하지 않았느냐. 낭왕 그 인간의 선택을 나도 믿어보기로 했다고. 그리고 또 하나의 이유는 네놈이 나타나면서 조용히 살고 싶은 내 삶을 온통 다 망가뜨리고 있기 때문이다. 이제 네놈이 원하는 것을 얻었으니 다시는 내 눈앞에 나타나지 마라!"

"그랬단 말이오?"

"그렇다. 꼴 보기 싫으니까 어서 가지고 꺼져!"

"……."

외수는 뻘건 흙으로 뒤덮인 상자를 슬쩍 내려다보고 다시 노인에게 눈을 고정했다.

"영감 이름이 어찌 되오?"

"내 이름 알아서 뭐하게? 그런 것 기억에 없다! 어서 가지고 꺼지기나 해!"

끄윽.

노인은 트림까지 해가며 술을 거듭 들이켰다.

외수는 일어날 수가 없었다. 그에게 빚을 진 기분을 떨칠 수 없어서였다.

"내게 바라는 게 있으면 말하시오."

노인이 잠시 뜸을 들이다 말했다.

"부디 조심해 다뤄라! 그리고 잘 붙잡고 가라… 네놈 운명처럼 재앙이 될 수도 있는 물건이다."

"잘 붙잡으라니? 그게 무슨 뜻이오?"

"사용해 보면 안다."

외수는 두말 않고 일어나 상자를 열어 검을 꺼내기 위해 앉았다.

그때 노인의 호통이 귀를 때렸다.

"갈! 어디서 검을 꺼내려 하느냐. 그놈도 네놈만큼이나 꼴 보기 싫은 놈이다. 여기서 열지 말고 가져가서 열어라!"

외수는 어쩔 수 없이 상자를 열려던 걸 포기하고 집어 들었다.

그런데 굉장히 무거운 상자. 자신의 힘으로도 두 손으로 안아 간신히 들어 올릴 정도의 엄청난 무게였다.

외수가 따지듯 물었다.

"이거 뭐요? 왜 이리 무거운 거요?"

"진짜 만병지왕이 들었다 하지 않았더냐."

무게 때문에 인상을 쓸 정도였다.

"검 한 자루 든 것이 아니요? 수백 자루가 들어도 이처럼 안 무거울 것 같소. 끙, 혹시 다른 것이 들었소?"

"글쎄?"

"글쎄라니? 그런 말이 어딨소. 영감이 만든 것 아니오?"

"내가 만들었지. 다른 건 없다. 오직 검이 들었을 뿐이다."

외수는 그제야 상자에 동아줄이 매어져 있는 이유를 알았다. 무게 때문에 끌기 위해 매어진 것.

외수는 흙투성이 상자를 간신히 어깨 위에 올려 짊어졌다.

"어쨌든 고맙소. 내 손에 맞을지 모르지만 잘 쓰겠소."

"안 맞을 리 없다. 그놈도 널 원했으니까."

"……?"

"어서 꺼져라! 그리고 그 검을 내게서, 그리고 여기서 얻었다고 어느 누구에게도 발설하지 마라."

"알겠소. 다시 오겠소."

외수는 그 말을 끝으로 노인 앞에서 등을 돌렸다.

"젠장, 더럽게 무겁네."

외수는 간신히 별채까지 메고 온 상자를 자신의 방 한가운데 내려놓고 묶여 있는 줄을 풀었다. 그리고 말라붙은 흙들이 떨어지지 않게 조심스레 걸쇠를 풀고 상자의 뚜껑을 벗겼다.

"뭐야, 이게?"

상자 속에는 장검 한 자루가 들어 있을 뿐이었다. 검의 폭이 조금 넓긴 해도 낑낑거리고 메고 올 정도의 무게를 낼 만한 것은 눈 씻고 찾아봐도 없었다.

상자를 다시 확인해도 나무로 만든 상자일 뿐, 그 상자 안에 검 외에 다른 것은 전혀 없었다.

"그것참, 그렇담 이 검이 그런 무게를 냈단 말인가?"

외수는 조심스레 검을 잡아갔다. 무게가 있을 걸 예상하고 불끈 힘을 넣었다.

한데 너무나 쉽게 들리는 검.

"어라, 이게 뭐지?"

다소 무게감이 있는 검이긴 했어도 그건 일반 도검에 비해 그렇다는 것이지 상자를 메고 올 때의 무게와는 비교도 할 수 없었다.

"어떻게 된 거야?"

마치 무엇엔가 홀린 것처럼 어리둥절한 외수였다.

외수는 검을 놓고 다시 상자를 살폈다. 이리보고 저리보고, 겉과 속, 앞뒤 뒤집어도 보고. 그래도 역시 결론은 나무 상자일 뿐.

거기다 검을 뺀 상자는 전혀 무겁지도 않았다.

"거참 희한하네."

외수는 다시 검을 들었다. 이런 기막힌 일이 없었다. 그 먼 거리를 짊어지고 온 그 엄청난 무게가 어디로 사라졌는지.

딸칵!

외수는 천천히 검집을 벗겨갔다.

"오!"

저절로 감탄이 튀어나오는 순백의 검신.

외수는 완전히 검을 뽑아 들고 감탄을 그치지 않았다. 미려 할 뿐 아니라 강인해 보이고 무게감도 적절한…….

노인의 말이 맞았다. 자신의 손에 딱 맞았다.

외수는 문득 노인의 말을 생각하다가 어쩌면 검이 자신에 게 맞는 무게로 변한 게 아닐까 하는 생각을 했다. 그렇지 않 곤 설명이 되지 않았다. 그 무게가 다 어디로 갔단 말인가. 자 신이 검을 잡는 순간 자신에게 맞춰 변화를 일으켰을 가능성 이 제일 컸다.

"음, 나중에 영감에게 가면 물어봐야겠군."

외수는 검을 든 채 일어섰다. 무릎을 꿇고 앉아 휘둘러보기 엔 너무 길고 큰 장검이었다.

가볍게 휘젓는 검.

"좋군!"

지금까지 칼만 썼던 외수였지만 검도 싫지 않았다. 더구나 손에 맞는 검이라니.

휙! 휙!

조금 더 빠르게 휘저어가는 검. 그러다가 힘을 주어 세차게 내리그어 보기도 했다.

휘익!

"허억?"

외수는 자신의 눈을 의심했다. 세차게 내리긋는 순간 손잡이에서 검신이 빠져나간 착각을 한 것이다. 그것도 검신이 하나도 아니고 여러 개가.

그런데?

콰쾅쾅쾅쾅!

눈앞의 두꺼운 벽이 순차적으로 터져 나갔다.

"뭐, 뭐야?"

외수는 기겁을 했다.

"이, 이게 어떻게 된……?"

정신을 차릴 수가 없어 주저앉고만 싶었다.

"바, 반야?"

뒤늦게 정신을 차린 외수. 그제야 자신이 터트린 벽이 반야의 방이라는 것을 깨달았다.

"반야?"

외수는 검을 팽개치고 뻥 뚫려 버린 벽으로 뛰어 들어갔다.

돌가루가 뒤덮은 침대. 미동도 않는 반야를 외수는 허겁지겁 끌어안았다.

"반야? 반야?"

혼절한 듯했다. 갑자기 터지는 벽. 굉음.

외수는 즉시 일원무극공을 운공하며 오른손 장심을 반야의 가슴팍에 갖다 붙였다.

츠츠츠츠……

진기가 밀려들어 가자 반야의 눈꺼풀이 조금씩 움직였다.

"으음!"

"반야, 괜찮아?"

"공자… 님? 어떻게 된 거죠? 무슨 일이에요? 왜 갑자기 벽이?"

"미, 미안해! 내가……."

외수는 설명이 되지 않아 말을 이어가지 못했다.

그때 조비연과 송일비를 비롯한 위사들이 뛰어들었다.

"궁외수? 무슨 일이야? 어디 있어?"

칼을 빼들고 양쪽으로 뛰어드는 조비연과 송일비. 뒤이어 위사들이 뛰어들고, 그리고 편가연과 시시도 본채 위사들의 호위 속에 달려왔다.

"무슨 일이에요? 살수들이 침입했나요?"

난리도 아니었다.

"이봐, 궁외수? 뭐 하는 거야? 이 벽은 어떻게 된 것이고?"

자신의 방에서 송일비가 뚫린 벽으로 들여다보며 묻자 외수는 멋쩍게 대답했다.

"내가 실수한 거야. 수련하다가."

"수련? 그럼 적이 아니란 말이야? 침입자 없어?"

"어!"

"뭐야? 무슨 수련을 어떻게 하면 이렇게 돼?"

이해가 안 간다는 표정의 송일비.

반야의 방으로 뛰어든 조비연도 마찬가지였다.

"궁외수, 괜찮은 거야?"

"응. 그렇긴 한데 반야가 기절을 했었어. 벽이 터지는 바람에."

"다치진 않았고?"

"다행히!"

외수는 반야를 안고 일어났다. 방 안이 온통 엉망이라 일단 거실로 나가야 했다.

"어이, 궁외수! 이건 무슨 검이야? 이걸로 그런 거였어?"

송일비가 검을 집으려고 하고 있었다.

벽 너머로 쳐다보는 외수. 판단에 혼란이 왔다. 좋은 검인지 나쁜 검인지. 내려치던 그 순간엔 마치 마물(魔物) 같았다.

"엇? 이거 왜 이래? 무슨 검이? 세상에 들리지도 않아!"

검을 집어 들던 송일비가 혼자 낑낑대고 있었다.

"뭐야, 이거? 이렇게 무거운 검도 있어? 궁외수, 이거 네 꺼 맞아?"

외수가 눈을 껌뻑이며 지켜보다 일단 반야를 안고 거실로 나갔다.

"공자님, 괜찮으세요?"

편가연과 시시의 걱정스런 얼굴에 외수는 고개만 끄덕이고 반야를 거실 의자에 앉혔다.

"여기 잠깐 있어!"

외수는 바로 송일비가 있는 자기 방으로 들어갔다.

"야, 이거 용도가 뭐야? 검처럼 생긴 쇳덩어리야 뭐야? 이 조그만 게 왜 이렇게 무거워? 헉? 어어억?"

놀라 질색을 하는 송일비. 외수가 검을 주워 든 탓이다. 너무도 가볍게.

검을 든 외수는 송일비 덕분에 확실히 깨달았다. 자신에게 맞춰 검이 스스로 무게를 조절하는 것이라는 걸.

외수는 검집도 주워 검을 집어넣고 밖으로 나왔다.

"미안해! 소란 피워서! 수련을 하다가 익숙지 않아서 실수를 했어! 그나저나 벽이 터져서 어떡하지?"

멋쩍어하는 외수를 보며 편가연이 미소로 답했다.

"공자님, 다친 사람 없으면 되는 거죠. 벽이야 보수하면 되는 거고요. 그나저나 염 소저가 정신을 잃을 정도로 놀랐다니 한동안 후유증이 있겠어요."

시시도 한마디 거들었다.

"히히, 공자님 무공 세지는 건 정말 좋은 일인데 그러다 별채 다 무너지는 건 아닌지 모르겠네요."

"시시?"

편가연이 눈치를 주자 시시가 얼른 딴청을 피웠다.

"여긴 청소부터 해야 될 테니 다들 본채로 가시죠. 어차피 아침 식사 시간도 다 됐어요."

시시가 편가연을 끌고 본채로 이동해 가자 위사들도 줄줄이 따라갔다.

외수는 반야를 다시 안아 들었다. 반야는 정신을 차렸는지 고개를 흔들고 있었다.

"반야, 잠시 본채 쪽에 있어야겠어."

"네."

"혹시 파편에 맞은 곳 없어?"

품속에 폭 안긴 채 아기처럼 고개를 가로젓는 반야.

뒤따르던 송일비가 그냥 지나칠 리 없었다.

"어이, 궁외수. 자네 품에 안긴 그 아리따운 여인은 누구신가?"

외수의 대답 전에 조비연이 톡 쏘아붙였다.

"호색광! 도대체 네 눈에 아리땁지 않은 여인은 누구냐? 다 아리땁대지."

"쿠쿡!"

반야가 웃음을 참지 못하고 소리를 냈다.

"죄송해요, 송일비 님! 저는 염반야라고 해요. 궁 공자님께 말씀 들은 적이 있어 저는 송일비 님을 알아요."

"오, 염 소저였구려. 반갑소. 근데 이 친구가 나에 대해 뭐라든가요?"

"천하의 미인만 상대하시는 분이라고."

"그리고 또요."

"납치당하지 않게 조심하라고."

"잉?"

빠르게 일그러지는 송일비의 면상.

조비연이 폭소를 참지 못했다.

"아하하, 아하하하!"

"야, 궁외수?"

*　　　*　　　*

"정말이었군."

단숨에 부오산까지 달려와 낭왕의 무덤 앞에 선 무림삼성 세 사람.

봉분에 비석이 없었지만 세 개의 무덤 중 하나가 낭왕의 것임을 알 수 있었다. 흙을 덮은 지 얼마 되지 않은 봉분.

"어떻게 이런 일이."

무양의 탄식.

구대통은 아예 맨땅에 주저앉아 버렸다.

죄책감 때문이었다. 마치 자신들이 그를 죽게 한 것 같은 기분.

"그를 괜히 불러냈어. 결국 얻어진 건 아무것도 없었는데 그만 죽음으로 내몬 꼴이 되고 말았군."

"무양 오라버니, 그의 운명이에요. 명이 여기까지였다고 생각하세요."

구대통이 이를 갈았다.

"이대로 넘어갈 수 없어! 복수를 해줄 거야! 어떤 놈이 죽였든!"

"어떤 놈들일까요? 낭왕을 죽일 수 있는 놈들이?"

명원의 말에 구대통이 사하공이 했던 말을 떠올렸다.

"극월세가로 돌아가자! 분명 궁외수, 그놈과 연관이 있을 거야!"

힘을 내 벌떡 일어난 구대통. 세 사람은 다시 왔던 길을 되돌아 달렸다.

＊　　　＊　　　＊

벽이 뻥 뚫려 버린 방 안에 혼자 앉은 외수는 검을 뽑기가 두려웠다.

하지만 확인을 해야 했다. 자신이 본 것이 맞는지 아닌지.

스르릉.

하얗게 드러나는 검신.

분명 검신은 하나였다. 조금 두껍긴 해도 완벽하게 날이 선 하나의 검신. 검신이 빠져 날아갈 그 어떤 장치나 틈도 없다.

잘못 봤던 건가? 혹시 강기 같은 것이 발출되었던 것을 착각한 것일까?

외수는 검을 들고 다시 한 번 면밀히 살펴갔다.

"음… 정말 알 수 없는 노릇이군."

당장 죽림으로 달려가 노인을 붙잡고 물어보고 싶지만 일단은 스스로 고민해 보는 게 순서일 듯했다.

다시 검을 검집에 꽂고 벌떡 일어난 외수. 즉시 어둠이 내리는 바깥으로 향했다. 아무도 없는 곳. 아무것도 부서질 것이 없는 곳에서 다시 한 번 검을 휘둘러보려는 것이었다. 그것이 가장 빨리 검을 파악하는 길이었기 때문이다.

외수는 내원 가장 구석진 곳으로 갔다. 나무와 풀, 돌담만 있는 곳.

쓰르릉!

거칠게 검을 뽑는 외수. 어둠 속 하얗게 빛나는 검신을 노려보다 최대한 집중한 상태로 벽을 터트릴 때처럼 내리그었다.

부왁!

바람이 쪼개지는 소리와 함께 쏘아져 가는 검들.

외수는 놀라 입을 벌렸지만 하나하나 놓치지 않고 끝까지 지켜보았다.

퍼퍼퍼퍼퍽!

땅바닥을 파고드는 검신들

외수는 재빨리 들고 있는 검을 살폈다. 이상이… 없었다.

다시 대여섯 개의 검신이 파고든 땅을 파헤쳐 보았다. 아무 것도 없었다.

"정말 귀신이 곡을 할 노릇이군."

당최 갈피가 잡히지 않는 외수.

외수는 두 번째 시도를 했다. 이번엔 좀 더 오래 보기 위해 일부러 조금 높은 곳을 향해 휘둘렀다.

슈슈슈슉슉!

어김없이 날아가는 검신. 분명 검기 따위가 아니었다. 자신이 손에 든 검과 똑같은 검날, 아니 그것보단 훨씬 얇은 검신이었지만 분명 똑같은 형태의 검이 날아가고 있었다.

그것도 하나둘도 아니고 보통 대여섯 개씩.

"음!"

외수는 다른 시도를 준비하며 깊은 신음을 삼켰다.

천, 지, 인, 세 방향으로 연거푸 휘두른 검.

"으아!"

외수는 눈앞에 펼쳐지는 광경에 넋을 잃고 말았다.

각 방향에 대여섯 개씩 순차적으로 날아가는 검들. 허상이 아니었다. 허상이라면 벽을 터트리고 땅을 가르고 할 수가 없었다.

"이런… 기병(奇兵)이?"

외수는 말조차 나오지 않았다.

외수가 검을 내려다보고 있는 그때, 폭음을 들었는지 위사들이 달려와 고함을 질렀다.

"거기 있는 자, 누구냐?"

외수가 돌아보며 대꾸했다.

"궁외수요."

"궁외수 공자님? 여기서 뭐하십니까?"

"수련 중이오. 앞으로도 여기 이 장소를 자주 이용할 테니 놀라지 마시오."

"알겠습니다. 그럼!"

위사들이 나타날 때처럼 빠르게 사라져 주었다.

그들이 사라지자 외수는 다시 시험에 돌입했다.

휘익! 휙!

너무도 선명하게 어김없이 쏘아져 나가는 검신들. 날아간 것들이 다시 돌아오는 것도 아닌데 손에 쥔 검은 항상 그대로라는 게 더 기막혔다.

"그가 혹시 오신검칠기도라는 십이신병을 만든 사하공이란 장인인가?"

외수는 죽림의 노인을 생각했다. 과거에 사하공이란 장인이 만든 무기들은 절대신병이라 일컫는다 했었다. 지금 자신의 손에 들린 이 검이라면 가히 절대신병이라 할 수 있지 않는가.

"음!"

노인의 당부가 떠올랐다. 누구에게도 말하지 말라던 당부. 외수의 머릿속에 그가 사하공일 것이란 확신이 점점 커져 가고 있었다.

"그런데 이렇게 휘두를 때마다 쏟아져 나가면, 음……? 맞아, 잘 붙잡으라고 했었지? 그 말이 관련 있는 걸까?"

다시 고민에 빠져드는 외수. 하지만 생각만으로 답을 찾을 수 없어 다시 검을 통해 해결하려 했다.

외수는 일원무극공을 운기해 내력을 휘돌렸다. 그리고 다시 내치는 검격.

슈욱!

"어?"

아무런 변화도 없는 검. 검신이 날아가는 모습이 없었다.

"어떻게 된 거지?"

다시 휘둘러보는 외수지만 마찬가지였다. 그냥 평범한 검에 불과했다.

외수는 머리가 지끈거렸다. 하나를 푼 듯하면 다시 꼬여 버리는 상황. 외수는 잠시 바닥에 주저앉았다.

"미치겠네. 운기를 한 상태에서 휘두르면 왜 나가지 않는 거지?"

죽림으로 달려가고 싶은 마음이 굴뚝같은 외수였다.

"망할 영감, 어차피 검을 줄 거면 사용법도 같이 가르쳐 주면 좋을 것을… 사람 일부러 애먹이는 것도 아니고 수수께끼처럼 이게 뭐야? 에이, 몰라! 오늘은 머리 아프니까 여기까지만 하자!"

투덜투덜 엉덩이를 털고 일어나는 외수.

그런데 풀밭을 걸어 둔덕을 넘으려던 그가 갑자기 우뚝 멈추었다.

"붙잡는다, 붙잡는다, 붙잡는… 다?"

무언가 떠오른 외수는 다시 빠르게 아래쪽으로 내려가 검을 뽑았다. 그리고 바로 검을 휘두르는 외수.

콰콰콰콱콱!

땅거죽이 춤을 췄다. 다시 발출된 검신이었다.

"오호라, 이거였었군."

만면에 환희를 그리는 외수. 비로소 제어하는 방법을 찾은 듯한 외수였다.

휙! 휙!

두 번의 검격. 하지만 한 번은 허공만 갈랐고, 다른 한 번은 명백히 얇은 검신이 쏘아져 나갔다.

"그래, 이거였군. 내력을 같이 싣느냐 싣지 않느냐의 차이! 하하하, 하하! 이제 보통 검처럼도 사용할 수 있겠어!"

휙휙휙! 휙휙! 콰콰콱! 쾅쾅!

신이 난 외수는 미친 듯이 검을 휘둘렀다. 그러다가 우뚝 멈추고, 갑자기 돌아서 외원 쪽을 향해 달리기 시작했다.

죽림의 노인을 찾아가는 것이다. 그를 귀찮게 하려는 것이 아니라 감사의 마음을 표현하러.

"맞아! 그가 사람들이 말하는 그 사하공이 틀림없어! 그가 바로 여기 있었는데 몰라봤다니."

한달음에 닿을 듯이 달려가는 외수. 죽림 앞에 도착했을 땐 달빛이 온 세상을 품을 것처럼 환하게 비추고 있었다.

"영감! 영감!"

죽림의 좁은 길도 거칠 것이 없었다.

"엉?"

죽림 속 마당으로 뛰어들던 외수가 급하게 신형을 세웠다. 노인이 앉아 술을 마시고 있을 것이라 생각했던 자리에 전혀 생각지 못한 사람이 앉아 있었기 때문이었다.

"미기? 네가 어떻게 이곳에?"

주미기. 그녀가 탁자에 딸린 귀퉁이 의자에 팔짱을 끼고 다리를 꼬고 앉아 빤히 노려보고 있었다.

"글쎄? 어떻게 내가 여기 있을까?"

"……?"

무슨 말장난인지, 모든 것이 어리둥절한 외수였다.

"여기 노인은 어디 있어?"

"어떤 노인?"

"어떤 노인이라니. 여기 대장간 노인 말고 누가 또 있어?"

"아, 그 영감? 없어! 갔어! 여기 편지 한 장 남겨놓고!"

"뭐?"

미기가 힐끗 옆으로 고개를 젖혀 가리킨 탁자 위에 잘 접힌 종이 한 장이 놓여 있었다.

"펼쳐 봐. 네게 남긴 편지니까!"

"……?"

점점 얼떨떨해지는 외수. 일단 그녀가 있는 곳으로 가 편지를 내려다보았다.

"다신 찾지 말래."

"여길 떠났단 말이야?"

끄덕.

"언제? 왜?"

"'왜'에 대한 대답은 너와 우리 꼰대들 때문인 것 같고, '언제'에 대한 답은 어둠이 내리기 시작할 때였으니까 약 한 시진쯤 전?"

"꼰대들이라니? 무림삼성을 말하는 거야? 그들이 여기 영감을 알아?"

"아마도 너보다 수십 년은 먼저 알았을걸."

"사하공, 사하공 맞지?"

끄덕.

미기의 끄덕이는 고개를 확인한 외수는 천천히 편지 쪽으로 시선을 돌렸다.

"여기 뭐라고 적힌 거야?"

"그걸 어떻게 알아? 보질 않았는데."

"넌 여기서 뭐하는 거야?

"꼰대들 기다려!"

피하는 법 없이 모조리 대답하는 미기.

"그러니까 왜 여기서 기다리는 거냐고?"

"꼰대들이 여기서 기다리라고 했으니까 기다리지!"

"아직도 날 따라다니는 거야?"

"그러니까 여기 있겠지?"

외수의 이마에 힘줄이 돋았다.

"언제부터 여기 있었던 것이냐, 그 늙은이들이? 으드득!"

"……?"

뿜어지는 살기.

외수는 대답을 기다리지 않고 질문을 이었다.

"무림삼성, 그 늙은이들은 언제 와?"

"그걸 알면 이렇게 마냥 기다리고 있겠냐?"

외수가 편지를 와락 움켜쥐었다.

"오면 여기서 기다리라고 해! 반드시!"

"왜, 패주게?"

"……"

눈에 핏대까지 세운 외수는 더 이상 말 않고 돌아섰다.

무거운 마음. 사하공인 줄도 모르고 괴롭혔던 그는 떠나고,

자신의 목을 노리는 무림삼성은 세가 안에 버젓이 활개치고 있었다.

"젠장! 망할!"

화를 토한 외수는 다시 뛰었다. 성질이 나서 견딜 수가 없었다.

"시시! 시시!"

외수는 별채로 가지 않고 본채 정문으로 들어가서 위층을 향해 고함부터 질렀다.

놀란 시시가 편가연의 방에서 허겁지겁 뛰어나와 난간에 붙어서 내려다본다.

"왜 그러세요, 공자님?"

"술 한 병 들고 내 방으로 와!"

외수는 본채와 별채 사이 통로를 성큼성큼 빠른 걸음으로 이동해 수리가 끝나지 않은 자신의 방문을 거칠게 열어젖히고 안으로 들어갔다.

침대에 걸터앉은 외수. 편지를 움켜쥔 손이 바르르 떨리고 있었다.

놀란 편가연도 뛰어나왔고, 조비연과 송일비도 달려 나왔다.

심상찮은 분위기.

세가 내에서 이렇게 화가 난 고함 소리를 낸 적이 없는 궁외수였다. 편가연이 걱정 어린 얼굴로 문밖에서 외수를 살폈다.

"공자님, 여기요."

시시가 허겁지겁 술병을 들고 달려와 건네자 외수는 거칠게 받아 들고 오른손에 움켜진 편지를 내밀었다.

"읽어봐!"

벌컥벌컥. 술병의 주둥이를 물고 목에다 술을 들이붓는 외수.

시시가 걱정스런 눈으로 보다가 접힌 종이를 조심스레 펼쳤다.

"사하공이란 이름으로 살며… 이 세상에 마지막으로 남기는 병기이다. 영원히 땅에 묻어둘 것이었으나 네놈이 그걸 끄집어내게 하였다."

사하공이란 말에 조비연뿐 아니라 송일비의 눈도 왕방울만 해졌다.

편지를 읽는 시시도 긴장하고 있었다.

"네놈에게 검의 진정한 묘용을 전하지 않은 것은 네놈이 굳이 다 알 필요가 없어서다. 어차피 네놈은 한두 개만 알아내도 충분할 터이니, 그 외의 것은 차라리 모르는 것이 네놈에게 득이 될 것이다."

"……"

고개를 떨어뜨린 채 미동도 않는 외수.

"좋은 이름을 붙여라. 그리고 그 좋은 이름처럼 같이 살아라. 내 손을 떠나 네게로 갔으니 이제부턴 네 알아서 할 바다만, 검을 만들고 그 검을 네게 준 사람으로서 마지막 소원은 먼 후대에 악명이 아닌 명검으로 전해지길 바라는 간절함뿐이다. 낭왕이 너를 믿었듯 나도 믿겠다."

"……."

"내용의 전부예요."

시시가 편지를 다시 고이 접었다.

눈을 감고 있던 외수가 고개를 젖혀 다시 술을 넘기기 시작했다.

벌컥벌컥!

그와 화, 그의 분노가 강하게 느껴지는 방 안.

갑자기 외수가 일어서 울분에 찬 괴성을 내질렀다.

"으아아아아! 끄아아아아아!"

듣는 이조차 살이 떨리는 분노.

"공자… 님?"

검을 쥔 손이 떨렸고, 오른손의 술병은 악력에 터져 나가 버렸다.

"흑흑, 흑흑!"

터진 벽 뒤의 반야가 울고 있었다.

시시 역시 눈물을 떨어뜨리고 있었다.

한참 만에 진정을 한 외수가 모두를 돌아보았다.

"돌아가 줘, 모두! 시시는 잠깐 남고."

외수의 말에 편가연을 비롯해 위사들이 즉시 본채로 옮겨 가고, 유일하게 귀수비면 송일비가 궁금증을 못 참겠는지 마지막까지 기웃대다 자기 방으로 들어갔다.

"시시, 사하공에 대해 아는 것과 죽림의 노인에 대해서 말해줘. 언제부터 여기 있었고, 어떻게 여기 있게 되었는지 모두 다. 최대한 자세하게."

第九章

도발

크큭, 웃기네. 궁지에 몰리면 못 물 게 어딨어?

—궁 씨 성을 가진 쥐

"모두 모인 건가?"

편가연과 나란히 내원 본채 앞 영월관 계단을 오르는 외수.

"네."

"마음의 준비는 됐지?"

"……."

편가연이 대답을 머금고 있었다.

외수가 잠시 걸음을 멈추고 편가연을 마주했다.

두 사람이 멈춰 서자 뒤를 따르던 대총관 설순평과 시시도 멈춰 서야만 했다.

"편가연!"

"네, 공자님?"

"어쩔 수 없는 일이라고 했잖아."

"꼭 그래야만 하나요? 피할 순 없는 건가요? 다른 수단을 강구해 볼 수도 있잖아요."

"안 돼. 더 이상은."

"전에 나에겐 참으라고 강요하셨잖아요."

"경우가 달라. 넌 극월세가 사람이지만 난 아니잖아. 지금 상황은 둘 중 하나야. 그들을 내버려 두려면 내가 여길 떠나야 하고, 내가 여길 떠나지 않으려면 그들을 반드시 처리해야 돼."

"하지만 그들은 무당과 아미, 점창파의……."

"알아. 내 손에서 끝낼 거야. 날 믿어!"

"공자님……."

울음이 터질 듯한 편가연의 얼굴이었다.

외수는 그녀를 외면하듯 영월관 대회의장으로 가는 걸음을 재촉했다.

커다란 대회의장 문이 열리고 궁외수와 편가연이 들어서자 대략 오백여 명에 이르는 인물들이 일제히 일어나 두 사람을 맞이했다.

"모두 앉으십시오!"

모두가 주목하는 가운데 단상 높이 혼자 올라선 궁외수가 세가 내외원 주요 수뇌들과 각 부서의 수장들을 소집한 이유를 설명하기 시작했다.

"본론만 간추려 얘기하겠소. 오늘 이 자리에 여러분들을 모이라 한 것은 향후 세가의 미래에 해가 될지도 모를 중대한 일 하나를 처리하기 위함이오. 아마 여기 계신 여러분들 모두 무림삼성이란 이름을 모르는 분은 없을 것이라 생각하오. 아시는 대로 무림 최고의 명망을 지닌 명숙들이고 존장들이오. 한데 그런 그들과 일전을 치를 일이 생겼소."

"예에?"

다들 놀라 웅성거리는 분위기.

"그들이 날 노리고 있소."

한 사람이 반발하듯 일어나 외쳤다.

"무슨 말씀입니까, 공자님? 우리 극월세가는 상가이고 그들과 아무런 원한이 없는데 그들이 무슨 이유로 공자님을 노린단 말입니까?"

외수가 그를 보며 대답했다.

"그렇소. 극월세가와는 아무 관련이 없소. 내가 여기 오기 전 맺은 사사로운 감정, 은원이 있을 뿐이오. 한데 문제는 그들이 나 하나 때문에 나 하나를 노리고 극월세가 내에 버젓이 들어와 눌러앉아 있다는 것이오."

"예에?"

"믿기지 않을 것이오. 눈에 띄지 않으니. 하지만 사실이오.

그들은 내가 세가에 도착하던 그 시기부터 세가의 대장간이 있는 죽림에 은신하고 있었소. 그리고 그 후 내가 이동하는 모든 경로를 빠짐없이 쫓아다녔소. 누구와 이동하든 말이오."

또 다른 이가 소리쳤다.

"가주님과 이번 오대상회 회의에 갔을 때도 말입니까?"

"그렇소."

외수의 대답에 웅성거림이 멈추지 않았다.

잠시 입을 닫은 채 모두를 보고 있던 외수가 다시 말을 이었다.

"하여 저는 그 은원을 직접 끝내려 합니다."

"잠깐만, 궁 공자! 직접이란 말이 무엇을 뜻하는 겁니까? 혹시 혼자 그들을 상대하겠단 뜻입니까?"

외수가 망설임 없이 대답했다.

"그렇소. 극월세가와 아무런 관계없이 나는 혼자 그들과의 악연을 정리할 생각이오."

중년의 한 사람이 받아치듯 벌떡 일어나 열을 토했다.

"말도 안 됩니다. 그게 말이 됩니까? 궁 공자는 편 가주님의 정혼자 아니십니까. 세가와 관계없다니요. 안 될 말입니다."

"앉으시고, 마저 들어주시오. 무림삼성 세 사람은 그들 개인의 명성뿐 아니라 그들 사문의 위세 또한 대단합니다. 극월세가가 끼면 대전쟁이 시작될 것이고 그들 거대문파들을 상대로 극월세가가 이기긴 힘든 일입니다. 이건 절대적으로 개인의 싸움으로 끝내야 할 일이오. 나는 그렇게 끝내고 싶소."

"반대요. 공자님이 그들에게 죽으면 개인의 싸움으로 끝내려 할 테지만 그들이 공자님께 죽으면 절대 개인의 싸움을 끝나지 않을 것이오. 너무 빤하잖소."

"아니오. 내가 그리되지 않게 만들 것이오. 절대! 나를 믿으시오!"

외수의 거듭된 확신.

모두가 잠시 숨을 죽였다.

"현재 그들은 죽림을 잠시 떠나있지만 곧 돌아올 것이오. 난 오늘부터 그곳에서 그들을 기다릴 것이오. 다시 한 번 말하지만 이건 그들과 나만의 싸움이오. 어떠한 일이 일어나더라도 극월세가에 소속된 사람들은 끼어들지 마시오. 아예 죽림 근처엔 얼씬도 하지 마시오! 그리고 설령 내가 죽더라도 복수 따위 절대 생각하지 마시오. 누가 죽든 그것으로 끝나기를 바라고 벌이는 일이니까."

숙연해진 분위기. 어쩔 수 없이 모두가 편가연을 주시해 갔다.

하지만 외수가 아예 못을 박았다.

"편 가주와 충분히 상의한 일이고, 그녀도 동의했소. 그러니 이건 명령인 셈이오. 이 시간 이후 죽림 쪽에서 벌어지는 일엔 눈도 돌리지 마시오!"

"알겠습니다, 공자! 의지가 그러하시니 공자님을 믿겠습니다. 하지만 명심해 주십시오. 궁외수 공자께선 아가씨와 저희 극월세가의 유일한 희망이라는 것을."

"그러겠소. 모이느라 수고했소. 여기서 끝냅시다."

외수가 단상을 내려갔다. 그는 시시와 같이 대회장을 빠져나갔고, 사람들은 자리를 뜨지 못하고 자기들끼리 웅성거렸다.

*　　　*　　　*

반야는 방에서 나오지 않았다. 편가연도 마찬가지였다.

별채 앞마당 돌 위에 걸터앉아 고개를 쳐들고 눈을 감은 채 따스한 햇볕을 쬐고 있는 외수.

바로 뒤에 지키고 선 시시나 별채 난간에 팔짱을 낀 채 기대어 선 송일비, 그리고 계단에 아무렇게나 걸터앉은 조비연도 하나같이 침울한 분위기를 연출하고 있었다.

"초상났어? 왜 다들 말이 없어?"

외수가 햇볕을 쬐는 그 자세 그대로 중얼거리자 비로소 송일비가 대꾸했다.

"너 미친 거 아냐? 아무리 그래도 어떻게 무림삼성이랑 싸울 생각을 해? 죽고 싶어 환장한 사람처럼."

"왜? 그들은 사람 아니래? 찔리면 피 안 나나? 그리고 다 늙어빠진 노물들이 뭐가 무서워? 내가 더 싱싱한데. 크크큭! 큭큭!"

"진짜로 미쳤군, 미쳤어!"

"그래, 그렇다고 치지 뭐. 하지만 죽고 싶은 놈이 어디 있겠어? 나 절대 죽고 싶어서 그 늙은이들 맞닥뜨리는 거 아냐."

듣고 있던 조비연이 비로소 입을 열었다.

"이봐, 궁외수! 아무래도 이건 아닌 것 같다. 아무리 화가 끓는다 해도 그들은 네가 감당할 수 있는 존재들이 아냐."

"후훗, 날 응원해 주는 사람이 하나도 없군. 시시!"

"네, 공자님!"

"넌 내 편이지?"

햇빛에 눈부시단 듯 슬며시 한쪽 눈을 뜨고 올려다보는 외수.

그러나 대답은 고사하고 고개를 돌려 눈물을 머금는 그녀였다.

"……."

"후후. 시시, 너마저!"

외수가 자세를 풀고 주섬주섬 일어났다.

"좋은 날씨군."

허리를 쭉 펴고 다시 한 번 하늘을 올려다본 외수가 조비연과 송일비를 돌아보았다.

"두 사람, 행여 끼어들려는 사람 있으면 막아줘. 세가 사람 누구라도 끼어들면 사태는 걷잡을 수 없이 커져 버리니."

"궁외수! 다시 생각해라! 기회는 많잖아. 왜 이리 급해?"

"그리 못 해! 바꿔서 생각해 봐. 너라면 널 죽이겠다는 사람이 여기저기 따라다니며 틈을 노리는 것도 모자라 네 집 어느 방엔가 숨어 살면서 목을 노리고 있다면 참을 수 있겠어? 용서할 수 없지!"

"……."

"이미 아침에 다 설명했잖아. 사하공 영감의 일도 그렇고 낭왕을 끌어낸 것도 그렇고, 난 그 오만한 세 늙은이를 용서할 수가 없어!"

"좋아, 네가 무림삼성을 죽였다고 쳐! 그 후에 무림에 일어날 파장은 생각 안 해?"

"안 해! 무림이 나와 무슨 상관이야? 무당, 아미, 점창파가 동시에 날 죽이러 온다고 해도 난 눈 하나 깜짝 안 할 거야."

"전 무림이 널 공적(公敵)으로 삼을 수도 있어! 그건 네가 무림삼성을 죽이고 못 죽이고를 떠나 그들을 향해 도발을 했다는 사실만으로도 충분히!"

"후훗, 웃기는 세상이군. 할 일이 그렇게 없나. 오지랖들은."

"이런 미친놈?"

송일비는 말을 잃고 말았다. 아무리 생각해도 승산 없는 도전. 더구나 무림삼성 중 한 사람도 아니고 셋을 모두 한꺼번에. 이건 지나가는 코흘리개에게 물어도 고개를 저을 일이었다.

"궁외수, 정말 너처럼 겁대가리 없는 놈은 처음 본다."

"많이 봐줘."

외수는 송일비의 말은 아랑곳 않고 고개를 돌려 별채 안 반야의 방을 응시했다.

저린 가슴. 그녀를 두고 이런 결정을 내려야 하는 자신이 원망스러웠다. 하지만 그녀를 위해서라도 무림삼성을 제거해야 했다. 오래 살아 그녀를 보살펴야 하니까.

"송일비, 조비연!"

"왜?"

"만약에 말이야. 너희들 말처럼 혹시 내가 잘못되었을 경우."

"……."

외수의 시선을 따라 돌아보는 두 사람.

"저 안에 있는 아이를 부탁해!"

"……."

그 말을 끝으로 외수가 앞으로 성큼성큼 걸어갔다.

하지만 시시가 그의 소맷자락을 잡았다.

"시시?"

"공… 자… 님……. 흑흑!"

외수는 아무 말도 하지 않고 미소를 지은 채 내려다보기만
했다.

"저는 공자님을 믿어요. 꼭 돌아오셔요. 기다릴게요."

"그래, 시시! 고마워!"

눈물을 참으려 애를 쓰는 시시지만 그게 마음대로 되는 게
아니었다.

시시는 외수를 올려다보며 곤양에서 처음 나올 때의 모습
과 많이 달라졌다는 걸 느꼈다.

조그맣던 언덕이 태산이 되어버린 느낌. 듬직하고 의젓하
고.

이 순간이 아니면 못할 것 같은 말이 마음속에서 끓고 있었
지만 꺼내놓을 수는 없었다.

"시시, 갔다 올게."

"네."

시시는 억지로 미소를 지었다.

천천히 돌아서 외원을 향해가는 외수.

멀리 보이지 않는 곳으로 돌아서자 시시는 얼굴을 감싸고
주저앉았다.

오열.

뒤의 송일비와 조비연도 고개를 돌리고 찡한 코끝을 억지
로 외면했다.

                    *   *   *

　편가연의 방.

　"아가씨?"

　침대에 엎어져 꼼짝도 않는 그녀를 대총관 설순평이 조심
스레 불렀다.

　"안 나가보십니까? 궁 공자님 가십니다. 아가씨?"

　하지만 그녀는 일어서기는커녕 대꾸도 하지 않았다.

　"아가씨, 이러시면 몸 상합니다."

　"놔두세요. 그깟 몸 상하는 게 무슨 대수라고. 그 사람은
스스로 사지로 몸을 던졌는데, 이렇게라도 하지 않으면 견딜
수가 없어요."

　"아닙니다, 아가씨! 저는 그렇게 생각지 않습니다."

　"……?"

　설순평의 말에 편가연의 고개가 조금은 움찔 들린 듯했다.

　"아가씨, 사지에 뛰어들긴 해도 스스로 죽으러 가는 사람
은 없습니다. 궁 공자님은 그냥 대단하실 뿐입니다."

　슬그머니 일어나 앉는 편가연. 양 눈 다 눈물로 촉촉한 그
녀였다.

　"다시 말해보세요. 그가 죽지 않을 수도 있단 말인가요?"

　"소인은 그리 생각합니다."

"어째서?"

"아가씨! 아가씨께선 그의 싸움을 직접 겪으셨지 않습니까. 그렇다면 전해들은 저보다 오히려 아가씨께서 더 잘 아실 텐데요? 삼십 명이 넘는 살수를 혼자 물리치며 아가씨를 구했다고 들었는데… 아가씨, 거긴 사지 아니었나요? 그리고 낭왕의 경우는 어땠습니까. 낭왕이란 위대한 무인마저 죽어나간 싸움에서 그는 또 살아 돌아왔어요. 그게 뭘 뜻할까요."

"……?"

"불사신 같은 생존 능력. 또 극한 상황을 이겨내는 특별한 감각 같은 것이 있단 생각이 들지 않습니까?"

"……?"

편가연은 귀가 번쩍 뜨인단 표정이었다.

"그런 이유로 저는 공자님께서 사지에 들지언정 결코 죽을 것이라곤 생각지 않습니다. 물론 사지라 할 만큼 위험한 상황인 건 맞죠. 그러나 공자님의 능력을 믿습니다. 처음 오셨을 때 생각나지 않으십니까? 글도 모르고 무공도 모른다고 쫓아내셨죠. 그런 분이 아가씨를 지켜냈고 무림 전역에서 내로라하는 젊은이들이 모인 대회에서 우승까지 했습니다. 믿어야죠. 그가 오기 전 아가씨의 모습을 생각해 보세요. 그런 분을 믿지 않으면 누굴 믿겠습니까."

"……."

울먹울먹. 감정 조절이 안 되는 편가연.

"으아앙! 엉엉엉!"

결국 다시 엎어지는 그녀. 아까보다 더한 상황이 벌어졌다.

"엉엉엉, 저는 바보예요. 아무것도 모르는 바보! 정말 그는 살수들과 싸울 때도 후기지수들과 싸울 때도 분명 특별한 능력이 있다는 걸 확인해 놓고도. 엉엉엉, 앙앙앙!"

"아가씨, 고정하십시오. 그건 상대가 천하의 무림삼성이라 누구나……."

어린아이처럼 펑펑 울어대는 편가연. 설순평이 당황해 어쩔 줄을 몰랐다.

"아가씨……."

*　　　*　　　*

사하공의 죽림을 쳐다보는 외수의 마음은 착잡하기 그지없었다. 안으로 들어가면 다시 못 나올 수도 있는 곳. 그러나 결판을 지어야 했다. 더 이상 자신의 인생에 끼어드는 걸 용납할 수 없었다.

그들이 와 있는 것이 느껴졌다. 외수는 거침없이 죽림으로 발을 들였다.

아니나 다를까, 주미기와 같이 초옥 앞 탁자에 앉아 있는 그들.

"네놈이 우릴 기다리라고 했다고?"

노려보는 세 사람의 눈.

"여기 사하공의 은신처에서 무얼 한 것이오?"

"뭐냐, 네놈의 그 태도는?"

외수의 눈길이 마음에 안 들었는지 인상을 쓰는 구대통.

"확인하러 왔소. 내 물음에 대답부터 하시오. 왜 당신들 맘대로 여기 있는 것이오?"

"뭐야?"

구대통이 벌떡 일어났다.

"날 그렇게 죽이고 싶소? 내가 그렇게 눈엣가시오? 다른 사람들의 삶이나 운명을 아무렇지도 않게 짓밟아 가면서까지 죽여야 할 만큼 내가 그리 악마적이오?"

"……?"

절절한 분노에 세 사람이 눈깔을 희뜩거렸다.

"네놈 지금 무얼 하자는 것이냐. 우릴 도발하겠다는 것이냐?"

"도발? 아니오. 끝장을 보자는 것이오."

"이놈이?"

"난 당신들이 나와 극월세가, 내 주변 사람들을 힘들게 만드는 걸 보고 있을 수 없소. 내가 뭘 잘못했는지 오늘 이 자리에서 끝을 봅시다. 날 죽이고 싶으면 죽이시오. 오늘 이후 두 번 다시 내 옆에서 얼쩡거리는 걸 용납할 수 없소."

"크크크큭, 그래서 우리와 싸우겠다?"

"그렇소."

"크크큭, 잘됐군. 악마보다 더한 재앙이 스스로 목을 내밀다니. 그전에 묻자! 낭왕이 어떻게 죽은 것이냐?"

"웃기는군. 그의 죽음을 나에게 물을 수 있다니. 말하기 싫소!"

"이놈이?"

발끈하는 구대통. 안쪽으로 앉은 명원이 나섰다.

"낭왕이 너에게 내력을 남긴 것이냐?"

외수가 비릿한 웃음을 베어 물었다.

"참으로 이기적이고 제멋대로인 늙은이들이군. 어떻게 낭왕의 죽음을 입에 담을 수 있지? 그에 대한 죄책감도 없단 말인가? 무림 존장? 최고 명숙? 풋! 안 봐도 빤하군. 사하공 영감이 이곳에서 얼마나 괴로웠을지."

"갈!"

구대통이 자리를 박차고 튀어나오며 벼락같이 장력을 발출했다.

펑!

우뚝 선 채 피할 의지도 없이 고스란히 당하는 외수.

악 다문 입. 신형이 크게 흔들렸을 뿐 버티고 선 두 발은 그대로였다.

"크큭, 그렇지. 그렇게 죽이시오!"

벌겋게 물들어가는 눈. 핏빛이 올라오고 있었다.

"오냐! 이미 네놈의 본질을 확인한 마당에 굳이 기다릴 필요도 없지! 우리가 끝내주마! 이 자리에서!"

구대통이 등에 맨 비파의 목을 잡아 뽑았다.

스르릉.

시퍼렇게 뽑혀 올라오는 검날.

외수도 천천히 검의 손잡이를 잡아갔다.

차갑게 가라앉는 심장.

죽고 싶은 맘 따윈 없었다. 낭왕과의 맹세를 지키기 위해서라도.

쓰르릉!

외수는 천하에서 가장 강하다는 세 사람을 향해 거침없이 검을 뽑았다.

"오시오!"

『절대호위』 6권에 계속…

용마검전

FANTASY FRONTIER SPIRIT

김재한 판타지 장편 소설

「폭염의 용제」, 「성운을 먹는 자」의 작가 김재한!
또다시 새로운 신화를 완성하다!

『용마검전』

사악한 용마족의 왕 아테인을 쓰러뜨리고
용마전쟁을 끝낸 용사 아젤!

그러나 그 대가로 받은 것은 죽음에 이르는 저주.
아젤은 저주를 풀기 위해 기나긴 잠에 빠져든다.

그로부터 220년 후……

긴 잠에서 깨어난 아젤이 본 것은
인간과 용마족이 더불어 살아가는 새로운 세상이었다.

Book Publishing CHUNGEORAM

유행이 아닌 자유추구-
WWW.chungeoram.com

한량 아버지를 뒷바라지하며
호시탐탐 가출을 꿈꾸던 궁외수.

어린 시절 이어진 인연은
그를 세상 밖으로 이끄는데……

"내가 정혼녀 하나 못 지킬 것처럼 보여?"

글자조차 모르는 까막눈이지만,
하늘이 내린 재능과 악마의 심장은
전 무림이 그를 주목하게 한다.

"이 시간 이후 당신에겐 위협 따윈 없는 거요."

무림에 무서운 놈이 나타났다!